# Avant elle

Du même auteur

Aux éditions Classiques Garnier

*Agresser le spectateur - Généalogie d'une politique*, essai, 2019.

*À mes sources de lumière:*
*Françoise, Gérard, Léa, Ludovic et Méloé.*

« Nous portons tous en nous une maison effondrée,
tu ne crois pas ? Dis-moi ce qui te manque, cave
ou grenier, quelle paroi vacille en toi, quel plancher,
où se planquent tes termites et tes araignées, tes lézardes
et ton salpêtre, où sont tes débarras, tes issues
de secours et tes portes condamnées, ta chambre obscure,
tu la connais ? Et ta pièce vide ? »

Gwenaëlle Aubry, *La Folie Elisa*

CHAQUE MATIN je me lève avec l'impression de ne pas être moi, de ne pas être à la bonne place, dans la bonne vie, de n'être qu'un gribouillage sans allure, sans rêve et sans joie, alors je bois un peu, dès 7 heures 30, l'heure à laquelle mon réveil sonne cinq jours sur sept, je bois un peu pour passer le temps, entre deux cours et discussions, et je recommence, jour et nuit, le même traitement, je bois et après je vole, dans la rue, le métro, les escaliers, partout je vole et je regarde les autres, je me détache, une particule abandonnée, dissidente, super puissante, c'est comme ça, des années que je me dis c'est comme ça, tu ne sais vivre qu'en suspension, il faut t'y faire.

Paris, novembre 2016

# — 1 —

Je me prépare en quinze minutes malgré l'alcool de la veille qui œuvre encore à me donner la nausée. Enseignante appliquée, je me dépêche pour ne pas arriver en retard et courir désespérée après le temps perdu.

À 8 heures, le pas fébrile, j'effectue mon premier changement à Châtelet et me poste sur le quai de la ligne 7 en direction de Villejuif. Je patiente, embrumée, j'entends le métro arriver. Je tourne la tête et j'en découvre un neuf où il y aura la climatisation et où je n'aurai pas trop chaud, un métro qui sera bondé sans me donner le vertige. Un homme s'approche de moi par la droite, jeune, bien habillé, cravate bleue et chemise blanche sous un costume gris. Il avance comme tout le monde le long des flèches jaunes pour attendre que le métro soit à quai. Derrière, ça grouille. Lui, il ne fait plus comme tout le monde, il ne s'arrête pas, il sort du lot et marche jusqu'au rebord du quai, jusque sur les rails, sous le métro qui le fauche dans un crissement de freins.

Les voyageurs s'enfuient horrifiés.
Je vois les visages pétris d'effroi,

L'accident voyageur, en vrai, en chair, en sang. Mon cœur s'accélère, mon souffle se coupe, je dois sortir.

Dans la ville assourdissante, j'appelle le secrétaire de l'IHEAL* pour prévenir que je ne viendrai pas. Je regarde les piétons et je trace, une funambule au milieu des travaux, avant d'entrer dans ce bar, le premier que je croise, un PMU en fin de vie sans odeur de clope. Une double vodka, merci, une autre, merci, une autre ! J'enchaîne les verres, mon sac rempli de copies sur le dos. L'obsidienne dans mon ventre s'emballe, alors je bois cul sec et je pense à toi papa, mon roc mon géant, et mort pourtant. Accident vasculaire cérébral irréversible, il y a un an et sept mois. La rengaine du chagrin sans date de départ. Une autre, merci !

Au bout de quelques minutes et shots, l'obsidienne cesse de s'agiter. Je paie, pars, titube. À l'air libre, je lève le nez et je déchire le jour, je réalise de belles figures avec mes jambes. Je me sens pousser des ailes, mais je tombe. Je me relève, pas mal, et j'aperçois un immeuble de briques rouges. Je suis Spider-Woman, je vais grimper tout en haut, je verrai Paris, je sauverai les suicidaires !

Un trio de mésanges traverse le ciel. Si Raphaël me surprenait, il aurait honte. Je détruis notre mariage, une briseuse de promesses ! Je prends un vélo, hop la barre, je tombe, je remonte, tourne la manivelle, il n'y en a pas, je pédale.

Je suis une girafe ivre.

Une girafe ivre qui pédale dans Paris.

---

* Institut des hautes études de l'Amérique latine.

J'arrive devant une grande grille métallique bleue. Ma porte. Au cinquième étage, mon cocon, je m'allonge enfin et mon téléphone sonne.

Numéro inconnu. J'hésite, puis je décroche. Une voix féminine évoque un garde-meuble, des impayés… Ernesto Gómez.

Un rire nerveux s'étouffe dans ma gorge. Elle réitère.

C'est mon père… il est mort.

Je tire les rideaux tant le soleil m'éblouit et j'entends :

« Récupérez ses affaires ou tout sera détruit. »

Je ne sais plus où je suis, je sombre.

Il fait noir, nuit peut-être, et je me sens courbaturée. Je n'ai aucune idée de l'heure qu'il est. Raphaël n'est pas encore rentré avec Suzanne. Je m'étire, me tourne sur le côté, la couette sous l'oreille, prête à me rendormir dans la position du fœtus quand le flash me saisit : l'appel.

J'attrape mon portable, le numéro inconnu est là, les informations me reviennent.

Tu avais un garde-meuble, papa ?

Je me redresse dans un sursaut et regarde ma montre. 18 heures. Si je pars maintenant, j'ai encore une chance de récupérer tes affaires.

Le garde-meuble Presto-Secure, près de la station Gallieni, est un immense bâtiment sans fenêtre qui s'enfonce dans le sol et me donne le tournis. La femme que j'ai eue au téléphone, mon âge sûrement, la trentaine un peu passée, jolie et très maquillée, m'annonce que tu louais ce box depuis cinq ans. Elle me présente ses condoléances, me tend une facture, une clé, et m'indique le troisième sous-sol.

Voyant que je ne bouge pas, que je reste muette, elle agite son bras dans les airs : « L'ascenseur, c'est là-bas ! »

Je pivote. Mon corps me porte tandis que ma tête pense en solo, pourquoi ne m'avoir jamais parlé de cet endroit, pourquoi n'avoir jamais parlé de rien ? Tu te souviens, toutes ces fois où je t'ai demandé de me raconter et où tu as refusé ? Un soir au coin du feu, toi paisible dans ton fauteuil et moi fascinée par l'homme que tu étais. Un après-midi en balade le long de la mer, étourdis par le vent. Le jour de mes trente ans. Le jour où je suis allée te chercher au commissariat parce que tu avais insulté des policiers. Combien de fois j'ai voulu percer le mystère, briser les remparts que tu avais construits, faire mienne ta folie ; comment as-tu fait ?

Torturé, battu, humilié, comment as-tu fait pour continuer de vivre, rire, croire ? De m'aimer, travailler, effectuer les petits gestes du quotidien, ces tout petits riens qui font la vie ?

Tu es parti sans un mot, et
Je suis devenue orpheline,
Tes cartons chez moi,
Ton corps au cimetière,
Ton fantôme à mes côtés !

L'ascenseur me rappelle à l'ordre. J'entre, et face à moi, un homme d'une quarantaine d'années, perfecto et jeans troué. On se scrute sans un mot. Il penche sa tête vers la droite, style cow-boy, et sort au niveau moins deux.

Je regarde le panneau de contrôle, encore un étage et ce sera mon tour.

Les portes de l'ascenseur se referment dans mon dos. Mon pas est lourd, des picotements de peur s'invitent le long de mes doigts et de mes orteils. Je suis le couloir et arrive devant le box, noyé au milieu d'une dizaine d'autres identiques. L'obsidienne dans mon ventre s'active, cisèle et hache. Je lève la porte coulissante, partagée entre l'inquiétude et l'espoir. J'allume, et j'entre.

Le box est vide. Presque.

Au milieu, trônant en solitaire, un bureau, avec une lampe de chevet et une chaise. Dessus, il n'y a rien, pas même un stylo. Tu aurais détesté avoir cet immense secrétaire moderne en bois massif à la maison. *Pourquoi un aussi gros meuble pour si peu de rangements?* Je t'entends comme si tu étais à côté de moi, et je vois la mine désolée de maman, n'ayant aucune autre issue que de ramener l'objet du litige au fournisseur en le priant aimablement de la rembourser. Sur deux énormes pieds couleur pin, deux petits tiroirs encadrent le tiroir central, large mais peu profond. Je les fouille, ils sont vides. À l'intérieur, il n'y a rien : ni papier ni objet, ni clou ni vis. Je repasse la main une dernière fois, j'ai dû rater un indice. Je cherche, encore, jusqu'à ce que, tout au fond du tiroir de droite, mes doigts effleurent une petite clé.

Devant Presto-Secure, après trois quarts d'attente, la camionnette de Lucas fait son entrée. Depuis longtemps, les situations complexes, c'est lui. Ce grand brun à la mine aussi pâle que l'hiver me regarde sans poser de questions, attendant les consignes, ami fidèle même après des mois de silence.

Ce soir, sa main compatissante tapote mon épaule. Je le conduis au moins trois. Dans le box, j'étale deux rails blancs sur le bureau. Je pose mon nez, lui le sien, et on porte. Je manque de l'embrasser, le toise, me ravise. Je suis incorrigible : trouble de la personnalité borderline. TPB, la formule du psychiatre.

Après un rendez-vous pris sur les conseils de Raphaël, je me suis retrouvée avec ce tatouage imposé. Méthodique, j'ai lu tout un tas d'articles, état limite, hyperémotivité envahissante, sentiment chronique de vide, comportement puéril ou égoïste, difficulté à gérer la colère, tendances suicidaires, problème d'identité, alcoolo-dépendance, trouble de l'appétit, automutilation. Une liste labyrinthique pour un bilan simple : je suis une cocotte-minute sur le point d'exploser, un élastique qui se tend de plus en plus jusqu'à céder et se retrouver éjecté contre un mur.

Un élastique qui se tend.

Un putain d'élastique à 0,50 centime d'euros.

Borderline.

Le bureau est chargé. Lucas claque les portes arrière de la camionnette et on part à l'assaut des bouchons parisiens, l'heure de pointe, la nuit, l'enfer de la surpollution. Je ferme les yeux. J'ai besoin de chasser le vide et d'écouter ce qui vrombit là, tout près de moi.

Raphaël est hors de lui. Il ne dit rien pour ne pas me froisser et voir ma colère déferler brutalement sur lui, mais je sens qu'il n'en peut plus d'encaisser. Il ne me demande pas pourquoi j'ai ramené ce bureau, moi qui porte ta mort comme une croix, papa. Héritière de tes silences, je m'enfonce dans le chaos. Il ne me demande pas non plus qui est cet homme qui m'accompagne et qu'il n'a jamais rencontré. Il préfère détourner les yeux, ne pas se confronter, jouer les bons pères et me parler de Suzanne, de sa journée qui a été bonne, de sa danse sur les genoux et du fait qu'elle est restée debout appuyée contre la table au moins trente minutes. Vingt mois et debout pendant trente minutes, c'est mignon, n'est-ce pas ? Son cœur de père se réjouit, s'émeut des petites avancées de sa fille qui, à hauteur d'enfant, sont des progrès de géant. Je lui souris, mon cœur de mère reste froid mais je lui souris, bien fort pour que tout le monde le voie. Je caresse même la tête de Suzanne. Je partage mécaniquement sa joie, je relègue les non-dits pour plus tard.

Je suis un mur, construit au fil du temps, pierre après pierre, patiemment, une Antigone suppliciée. Le jour par la vie, la nuit par les rêves. Le psychiatre m'a conseillé de les écrire pour les mettre à distance et explorer mon inconscient. Je ne suis pas sûre que cette habitude me permette d'abattre le mur qui me sépare de moi-même : plus le temps passe, plus il s'épaissit.

## — 2 —

LES PLEURS de Suzanne me tirent du sommeil et chassent les cauchemars. J'ai envie de vomir mais j'enclenche la routine. Le mouvement crée l'énergie, je me le répète comme un mantra, le mouvement crée l'énergie.

Je me lève, sors Suzanne de son lit à barreaux et l'emmène au salon pour son biberon du matin. Je sens son petit corps se blottir contre moi. Enfant, je pouvais passer des journées entières dans les bras de ma mère. Maman douceur, c'est le surnom que je lui avais donné. Je lui répétais inlassablement, le matin, le midi, le soir. Je tournais frénétiquement autour d'elle, me transformais en fou rire, et maman, pour me calmer, m'installait sur ses genoux, glissait son bras droit autour de ma taille et passait la main dans mes cheveux sans jamais se fatiguer. Elle chantonnait, et moi, la tête sous son menton, je fermais les yeux et respirais son parfum. Réfugiée entre ses deux seins, enfoncée dans le bonheur de son amour insubmersible, je n'imaginais pas qu'il me serait si dur de reproduire son modèle. Je serre mes bras autour de Suzanne. J'essaie, mais la chaleur ne transite pas, mes sentiments sont bloqués dans un sas verrouillé. Ce n'est pas si facile d'aimer son enfant. Personne n'ose le dire, mais ce n'est pas si facile. Je ne veux pas craquer, pas déjà, j'appuie mon dos contre les coussins, place le biberon dans sa bouche et détourne le regard. Je contemple le bureau face à moi, posé à la va-vite au milieu du salon. Tout me revient d'une traite : l'alcool, un peu, beaucoup si j'en crois les cadavres de bouteilles, mon coup de pied violent dans le bureau, mes pleurs, et la petite clé.

La petite clé sans trou.

Alors, je l'aperçois. Une rainure verticale sur le côté du pied gauche du bureau. Je pose délicatement Suzanne sur le canapé. Je touche, force, et retire un grand rectangle de bois. Un faux fond, une porte de dix centimètres sur vingt. Je l'ouvre et découvre une boîte en métal bleue, parfaitement calée, parfaitement coincée. Je réussis à l'extirper, après maintes contorsions et doigts coincés. Elle est vieille, usée, et ressemble à une de ces boîtes à outils vintage avec une attache clip centrale et une poignée amovible sur le dessus.

Elle est lourde.

Tu m'as laissé un trésor, papa ?

Une heure plus tard, Raphaël et Suzanne sont partis. Je suis seule et je m'empare de ta boîte. À l'intérieur, des pages et des pages de documents administratifs en espagnol, des photographies, des lettres, des journaux.

Enfin, après tout ce temps.

Il y a aussi des carnets, format A5, rigides et disparates, vert, rose, bordeaux, bleu-gris, avec une reliure en tissu sur le côté. Je m'imprègne de leur odeur, je les examine, avant de découvrir en bas à gauche, d'une fine écriture noire, un chiffre. Les carnets sont numérotés de un à sept. Je me jette sur le carnet numéro un et, sur la page de garde, d'une écriture d'enfant maladroite et appliquée, je lis : *Cuaderno de Ernesto.* En dessous, des dates : « 1936-1946 ».

Je prends les autres carnets et constate que chacun d'eux embrasse une décennie, jusqu'à la fin, avril 2015, quelques jours avant ta mort. Je tourne la première page du premier carnet, et tout est en français. Mon cœur s'enflamme, les mots me brûlent les yeux.

Depuis l'au-delà, tu as décidé de me parler.

Je referme aussitôt la boîte, partagée entre l'excitation et la crainte. Tout ce que j'ai toujours voulu savoir est peut-être là, dans ces sept carnets, des objets divins, ta part secrète, les raisons de ta pudeur et de ton exigence, de ta souffrance et de tes silences. Je caresse les tranches et je t'imagine en Argentine, ta vie avec tes parents, tes chagrins d'enfant, tes amours d'adolescent. Je pense à la dictature aussi, à *elle* comme tu l'appelais, à tes quarante-neuf ans en 1977, l'année de ton enlèvement, à la torture et à l'humiliation par des plus jeunes que toi, des semblables, aux séquelles indélébiles et vivantes, gravées à jamais dans la chair et l'esprit.

Un jour où ton taux d'alcoolémie avait battu des records, tu m'avais raconté un bout de ton histoire. Tu avais été enlevé un matin en pleine rue. Tu étais entré déposer ton vélo dans un magasin spécialisé pour un problème de chambre à air, et une fois dehors, trois hommes avaient surgi, jeunes, habillés en civil, ils t'avaient passé une cagoule sur la tête, roué de coups et fait entrer de force dans une voiture en riant bien fort pour t'offrir un avant-goût de ce qui allait suivre.

Le début de ta deuxième vie était lancé. Un jeté de dés irréversible.

Je n'ai jamais rien su d'autre.

Tu ne m'as rien dit de plus.

Je suis perdue dans mes songes et l'écho feutré d'une chanson, *Porque Te Vas*, traverse le mur mitoyen pour venir m'entourer. Raphaël déteste cette proximité sonore des appartements parisiens. Moi, elle m'apaise. *Todas las promesas de mi amor se irán contigo / Me olvidarás*. J'aime entendre les gens vivre autour de moi, me laisser bercer par leur rythme, *Porque te vas, Porque te vas*, et oublier que je suis encore là.

J'ai tellement espéré ce trésor! Pourtant, je ne peux que fixer les sept carnets sans réussir à en tourner les pages, à en lire ne serait-ce qu'un passage. Assise par terre, je les touche et les renifle. Je colle même mon oreille contre chacun d'eux. Dans mon dos, j'entends le vent et la pluie s'abattre contre la vitre. Je me sens minuscule, une touche d'aquarelle dans l'océan. Je repense aux tisanes sans fin que l'on prenait papa, dans ta cuisine, à nos longs regards tendres déshabillés de toute parole, et à ce jour où, sans crier gare, j'ai perdu les eaux. Tu avais appelé Raphaël, complètement paniqué. L'accouchement de maman s'était tellement mal passé que tu appréhendais le mien comme si tu revivais le sien. Tu répétais en boucle, *Ah lala, ma fille*, désemparé, *Ah lala, ma fille*, avant de passer le flambeau à Raphaël et d'attendre, pétrifié, dans le couloir des urgences de la maternité.

Je vais chercher la photographie de maman et toi posée sur le bar pour prolonger le souvenir. Mais un frisson électrique me traverse de la tête aux pieds. Je marche jusqu'à la salle de bains, puis la chambre, avise la planche qui me fait office de bureau. Accrochée au mur, ma *to do list* me nargue, mon séminaire sur l'État en Amérique latine, mon HDR* et le portrait de toi que j'ai promis d'écrire pour te rendre hommage. Je retourne au salon en pensant tout haut.

Le portrait, le portrait, le portrait !

Je suis invitée dans la prochaine émission de Jeanne, mon amie qui travaille à France Culture, pour une émission spéciale consacrée aux survivants. Tu aurais été touché de cette reconnaissance enfin venue, n'est-ce pas ? Je dois livrer mon texte dans deux jours et je ne pensais pas qu'il me serait aussi difficile de parler de toi. À chaque fois le phénomène se répète, j'allume l'ordinateur et les souvenirs me prennent à la gorge, du lierre foisonnant, comme cette fois où tu as sermonné sèchement un camarade de classe en pleine rue parce qu'il avait osé me siffler. J'avais eu honte, en rentrant à la maison, terriblement honte. Au dîner, face à mon silence, tu avais tenté de t'expliquer, *Les catastrophes n'arrivent jamais d'un coup. Elles sont fourbes et se faufilent à petits pas.*

*« Ernesto Gómez,*
*né en Argentine en 1928, exilé en France en 1979 :*
*un destin brisé. »*

* Habilitation à diriger des recherches.

Qu'en dis-tu, papa ?

Une bourrasque ouvre brutalement la fenêtre. Je suffoque, mon obsidienne se réveille, j'essaie de desserrer mon foulard invisible, en vain, je bois une grande lampée de vodka, et je franchis le seuil de l'appartement.

Canal Saint-Martin. Il est midi et la vie s'est emparée des berges. Une mère prend la main de son fils qui court trop vite après les pigeons, un couple d'adolescents rentre du collège, la symphonie citadine bat son plein, et tu m'apparais, encore, assis en terrasse d'un café. Tu ne quittes pas tes lunettes de soleil et ta casquette taguée Los Angeles.

Je m'approche de ton fantôme, et j'entends ta voix cassée à cause d'une opération des cordes vocales : *je suis un intellectuel, un vieux de quatre-vingt-cinq ans qu'il faut respecter.* Les passants, les commerçants, les serveurs, tous doivent te dérouler le tapis rouge, *le respect, c'est la vie, ma fille.* Tu ressasses depuis peu, *victime de guerre, je suis une victime de guerre !* tu marmonnes religieusement, un vieux fou, et tu brandis ton bâton de ski dans les airs – ta canne – rouge de colère. Tu hurles aux gens de se taire, eux qui n'ont rien dit.

Un automobiliste me klaxonne, merde papa ! Cette boîte, tous ces documents planqués comme une intimité interdite, après trente-cinq ans de silence, dans un box dont personne ne connaissait l'existence, pourquoi ? Est-ce une nouvelle manifestation de ta paranoïa, un exorcisme, une confidence que tu comptais partager ? Et cette clé, à quel jeu m'invites-tu, à quelle chasse au trésor ?

Je passe devant un jardin et tu es de nouveau là, ton sac plastique à la main et la tête relevée comme un guerrier. Tu avances, pataud et instable, ton mètre quatre-vingt transformé en mètre soixante-dix, tes épaules fières devenues un sourire triste. Tu tambourines tes Nike Air sur le bitume, ta canne en alerte et l'index levé. Tu es un vieux à respecter.

J'inspire. Ton image disparaît, j'expire.

La marche me libère.

Il est 23 heures et je décide de rentrer. La nuit a toujours été ma bienfaitrice. Adolescente, j'avais l'impression que ma grande taille se dissimulait mieux avec l'arrivée des premières étoiles. *Tu es une belle girafe!* t'amusais-tu souvent à dire, heureux d'avoir une fille élancée. C'était ton canon de beauté: la minceur, la silhouette sportive, et le regard un peu plus haut que les autres. Je n'étais pas d'accord, je me voyais plutôt comme un grand échassier à tête penchée et au chant disgracieux. Avec le temps, je me suis habituée, mais la nuit est restée ma fidèle alliée, et ce soir, j'ai besoin d'arbitrer le pour et le contre, de faire cesser l'hésitation. Décider est devenu une tâche de plus en plus difficile.

Arrivée au croisement du boulevard de la Villette et de la place du Colonel-Fabien, j'appelle Jeanne au secours: « Si tes parents étaient morts, et que tu trouvais leur journal intime, ou une correspondance… tu les lirais? »

Grand silence, un de ceux qui jettent un malaise immédiat, qu'elle brise par des mots simples: « Tu me poses une colle. Respecter leur intimité me semblerait essentiel mais, en même temps, si cette lecture pouvait les faire revivre, je pense que je céderais. »

Je passe la porte et Raphaël m'attend le visage fermé. Je compte lui demander son avis, pour trancher, trois avis valent mieux que deux, mais le moment est mal choisi. À côté de lui, les vestiges de ce qui aurait dû être un beau dîner aux chandelles. On est le 8 novembre, regrettable fulgurance, notre anniversaire de mariage. J'ai complètement zappé. La liste de mes manquements vient de s'allonger, l'incapable que je suis est de retour. En piste ! Pourquoi, malgré mes efforts, une force dans ma tête me fait systématiquement chuter ? Raphaël se lève du canapé usé par les reflux de notre fille, il m'annonce sur le ton serein de celui qui a bien réfléchi : « Tu as une semaine pour te reprendre. Je peux vivre avec tes remarques humiliantes, ton mépris des mauvais jours, ton excentricité des beaux, mais Suzanne mérite mieux. Surtout, elle mérite que sa mère se batte pour elle. »

Il a dû répéter cette phrase toute la soirée pour s'assurer qu'elle sonne le glas avec justesse. Il faut dire qu'il a eu le temps de peser les mots, de trouver le ton parfait, percutant, suintant la colère et la douleur. Je voudrais répondre, lui dire combien je suis désolée, combien je l'aime, mais il poursuit : « Si tu continues de nous saborder, je demande le divorce. »

Il explose, enfin, et cela me rassure. Sa main me tire du précipice dans lequel j'étais en train de tomber, alors je lui promets de me ressaisir, d'aller chercher notre fille à 14 heures le lendemain parce qu'elle a rendez-vous chez la pédiatre à 15 pour un rappel de vaccin. Je m'engage à lui mettre son patch une heure avant, à être la mère que je rêve d'être. Il me prend dans ses bras, un élan qu'il réprime aussi vite d'un « je compte sur toi » plein d'espoir avant d'aller se coucher.

# — 3 —

UN MATIN comme les autres. Nausées et maison vide. Je me répète mon programme du jour : 11 heures psychiatre, 14 heures Suzanne, 15 heures pédiatre. Je dois m'y tenir pour rester debout. Ce programme est l'ancre à laquelle m'accrocher.

Sur la table du salon, la vieille boîte à outils et son clip central me fixent. Je prends une profonde inspiration. Cette journée doit gommer tous mes déboires passés et m'offrir un nouveau départ. Je pense à cette citation de Simone de Beauvoir que j'avais accrochée au-dessus de mon lit, plus jeune, pour m'obliger à tendre vers un but et agir en fonction de celui-ci : « Toute démarche vivante est un choix philosophique et l'ambition d'une philosophie digne de ce nom, c'est d'être un mode de vie qui apporte avec soi sa justification.* »

Aujourd'hui, je vais y arriver.

Aujourd'hui, nouveau départ.

* Simone de Beauvoir, « Idéalisme moral et réalisme politique », *L'Existentialisme et la sagesse des nations*, coll. Arcades, Paris, Gallimard, 2007.

Je m'installe au salon avec un café. Une pause indispensable dans mon HDR et mon quotidien dépourvu de sens depuis que tu es mort, un mois jour pour jour après la naissance de Suzanne. Je suis face à ta boîte et mon téléphone sonne. C'est Jeanne, la jolie Jeanne rencontrée à Théâtre Ouvert lors d'une lecture d'un texte sur « le viol correctif » en Afrique du Sud. On avait échangé toute la soirée sur les violences, ordinaires, étatiques, ponctuelles, cycliques ; une soirée militante qui avait suffi à sceller notre amitié. La semaine suivante, nous étions parties en week-end comme deux amies de longue date, prêtes à tout pour refaire le monde avec des mots. Les mois passant, nous avons commencé à envisager des travaux communs, jusqu'à ton portrait que je ne parviens pas à écrire.

Je prends la boîte.

Je vais débuter par ce qui me semble autorisé, le factuel et les photographies. Les carnets, ce sera pour plus tard, quand j'aurai la certitude de ne pas entacher notre relation en pénétrant dans ton journal sans ton consentement.

Les coupures de presse datent de la fin des années 1970 et du début des années 1980. *La Nación. El Clarín. La Razón.* Mes doigts s'emparent des papiers jaunis. Je ne suis plus la chercheuse familière de cette presse partisane, je suis l'enfant, curieuse et suspendue à l'inconnu.

Tu as découpé et conservé avec minutie une trentaine d'encarts.

*« Les buts du Directoire militaire. Extirper la subversion. Rendre sa dignité au peuple argentin. Assurer le bien-être général. »*

*« … la lutte se poursuivra sans trêve contre la délinquance subversive, ouverte ou cachée ! »*

*« Nouveau décret-loi. Quiconque menacera, injuriera, ou, de quelque manière que ce soit, offensera dans sa dignité ou son honneur le personnel des forces armées, de sécurité, de police ou pénitentiaire, national ou provincial, dans l'exercice de ses fonctions, sera puni d'une peine de prison ou de réclusion pouvant aller jusqu'à dix ans. Art. 3 du décret-loi du 24 mars 1976 sur la répression des attentats. »*

*« Le capitaine Adolfo Scilingo parle. »*

*« Plusieurs milliers de livres brûlés à Córdoba. Prévert, Freud, Proust, Marx. La satisfaction du général Menéndez. »*

*« Un livre pour l'officier combattant. »*

*« Videla prend la parole sur les disparus. »*

Mon cœur palpite. J'oscille entre la douleur de te savoir victime des exactions commises par l'armée et une forme d'irréalité. Toi, ce témoin qui n'a jamais témoigné, mais qui a collecté des preuves pour que personne ne réinvente ton histoire et pour qu'il soit possible, un jour, de demander des comptes. De réclamer justice.

Cela ne me surprend pas, tu étais un homme prévoyant.

Lorsqu'on partait en vacances avec maman, c'était toi qui te chargeais des valises, des courses pour le pique-nique, de l'heure du départ. Tu étais toujours le premier prêt, cinq minutes avant l'heure fixée, et tu nous attendais, assis sur le banc du salon, en agitant les pieds pour contenir ton impatience. Ta ponctualité zélée m'amusait tant qu'un jour je t'avais rebaptisé « Castor bondissant ». Sur le coup, j'avais cru que tu allais très mal le prendre. Puis j'avais vu ton visage se dérider et se mettre à rire, d'un rire nasal, impossible à réfréner. Tu avais le souci du détail et un sens de l'humour inavoué, à l'image de tes chemisettes fleuries et improbables de vacancier que tu aimais porter au beau milieu de l'hiver. Plus j'y pense, plus je me dis que tu étais une énigme, une porte fermée à triple tour, avec un cadenas invisible scellé sur la bouche pour t'empêcher d'être et de dire les ronces qui te grignotaient. Quand on s'est retrouvés tous les deux, la situation a empiré. Tu t'es transformé en un jardin ravagé, sans âme qui vive, sans enfant qui joue, sans aucun espoir. Tout ton corps n'était plus qu'une façade en trompe-l'œil participant au spectacle de la vie, une façade vieillissant aussi mal qu'une photographie exposée à la lumière. Tu faisais, voilà tout, et je ne sais pas où tu puisais ta force. Tu étais là, un parmi plusieurs, un anonyme en quête de je, de mains tendues et généreuses, toi, homme brindille glissant sur une pente raide, s'accrochant, déterminé à faire partie des grands.

Grâce à ces photographies, peut-être qu'en te voyant jeune, en décryptant tes expressions, les lignes de ton visage, je saisirais mieux l'homme que tu étais, et celui que tu es devenu. J'étale les clichés sur la table du salon pour les étudier, les embrasser d'un seul coup d'œil. Tu n'y figures pas, mais l'un d'entre eux m'intrigue. Dessus, un homme en uniforme militaire.

Jamais vu auparavant.

Il a un visage rond et un nez imposant surplombant une bouche aussi fine qu'une ride. Il doit avoir une soixantaine d'années. Au verso, trois mots, en espagnol : « Mon père, mon commandant C. ».

J'observe ses traits d'homme mûr, son sourire en coin, sa carrure d'athlète, je suis en train de faire la connaissance de mon grand-père. Des frissons filent le long de mes bras. J'accueille cette émotion si douce et inattendue tandis que mon regard bascule vers une autre photographie, celle d'un homme charpenté, un militaire lui aussi, avec le visage balafré. Tu as écrit : « Marcos, mon frère ».

J'ai un mouvement de recul ; non, de blocage. Je ne sais pas en quelle année ces photographies ont été prises, mais pourquoi ne me les as-tu jamais montrées ? J'ai toujours cru que tu étais fils unique ! Avec maman et toi, on a vécu comme s'il n'y avait pas d'avant, une famille spontanée sortie de nulle part. Votre vie en Argentine a été effacée comme s'il vous était impossible de cohabiter. Une vie en deux exemplaires : avant *elle* – la formule que maman avait à son tour adoptée pour parler de la dictature – et après *elle*. Tout s'articulait autour d'*elle* seule.

Tu avais un frère, Marcos.

Est-il toujours vivant ?

10 heures 30, déjà. Mon rendez-vous hebdomadaire chez le psychiatre. Ces séances sont obligatoires si je ne veux pas être de nouveau internée. Tel est le deal depuis ma dernière crise.

À 11 heures 06 précises, je m'installe dans la salle d'attente, un sombre couloir sans fenêtre. Sur la table à côté de ma chaise, des revues. *Elle*, *Grazia*, *Marie Claire*. Pour un psychiatre plutôt spécialisé dans les troubles du comportement alimentaire, afficher des corps de femmes filiformes dans la salle d'attente s'apparenterait à une absence de bon sens.

– À nous !

Le voilà. Grand, chauve, la voix envoûtante. Je le suis, m'allonge sur le divan et j'évoque successivement le suicide dans le métro, l'ultimatum de Raphaël, et mon dernier rêve : la fête de mariage dans une salle noire, le lâcher de colibris morts, ma mère qui danse en maillot de bain. Il note tout, me dit que nous avons beaucoup de sujets à aborder, à commencer par le suicide et ce que j'ai ressenti. Je n'ai pas envie de m'y attarder.

– Peut-être pourriez-vous revenir sur votre mère. Gabi, n'est-ce pas ?

Depuis quelques semaines, il veut que je me confie sur son suicide, l'année de mes onze ans. Je botte en touche, je feins de ne pas comprendre et j'aborde ce mercredi après-midi passé entre mère et fille. Ce mercredi où j'ai pu entrevoir à quoi ressemblait la vie de mes parents avant ma naissance. Tout de suite après *elle*.

– Permettez-moi une question : vous m'aviez dit, lors d'une séance précédente, avoir l'impression de ne pas connaître votre père. Était-ce également le cas avec votre mère ?

Je hausse les épaules et poursuis mon récit :

– On devait être au mois de mai. Ma mère avait le dos bloqué depuis plusieurs jours. Elle ne pouvait pas travailler, et comme c'était mercredi, je n'avais pas école. J'ai préparé le déjeuner, je l'ai massée et je lui ai raconté le début de ma semaine : ma meilleure amie qui s'était coupé les cheveux et ressemblait à un teckel, Hugo, mon amoureux, qui courait plus vite que tous les autres garçons de la classe et savait passer de la position allongée à la position debout en un saut, ma bonne note en conjugaison. C'était un bel après-midi de complicité mère-fille. Quand j'ai eu fini, je lui ai demandé : « Comment t'as rencontré papa ? » La question que tous les enfants se posent, la magie de la rencontre de leurs parents… Le couple formé par mes parents était tellement mystérieux.

– Que vous voulez-vous dire par « mystérieux » ?

– Mon père était quelqu'un d'assez réservé, surtout en société. Il parlait peu. À l'inverse, ma mère était d'un naturel joyeux, elle adorait rire, jouer, se donner en spectacle. Mon père lui demandait d'arrêter, mais elle tenait à le sortir de son carcan de souffrance. Et ce mercredi-là, elle m'a soufflé : « Si je te raconte, tu ne le diras pas à papa ? Ce sera notre secret à toutes les deux, d'accord ? » J'ai fait oui de la tête et je me suis assise en tailleur en face d'elle. J'étais si contente. Et elle a commencé : « Avant *elle*, ton grand-père m'avait envoyée faire des études en France. Il sentait que quelque chose allait arriver et il voulait me protéger. Alors je suis partie en France en 1974. Mais j'ai dû travailler. Je me suis occupée des trois enfants d'une famille qui vivait dans le XVII^e^ arrondissement. La famille Bichon. Je leur enseignais l'espagnol. Et tous les vendredis soir, j'allais danser avec ma copine Marta au Balajo, rue de Lappe. C'est là que j'ai rencontré ton père. Un vendredi de 1979. Il faisait chaud, et j'avais tellement dansé que je suis sortie pour prendre l'air. Quand je suis revenue, ton père était debout au milieu de la piste. Hébété. Il contemplait l'espace autour de lui sans savoir quoi faire de son grand corps. On aurait dit un pantin désarticulé ! Qu'est-ce qu'il était beau ! Avec ses grands yeux verts perçants. On a échangé un regard et il m'a offert un verre. J'ai vite su qu'il était argentin. Pas à son accent, ton père parlait déjà français comme un Français. J'ai su qu'il était argentin parce qu'il a reconnu mon accent et m'a parlé de Buenos Aires. C'était notre connexion. On a pris plusieurs verres les jours suivants et on ne s'est jamais quittés. On se levait tard dans ma chambre de bonne, puis on allait se balader, on riait dans les rues de Paris comme deux étourdis découvrant la liberté. C'était la belle vie. » Ma mère était suspendue aux images qu'elle recréait dans sa tête, pour moi. Je sentais l'amour entre chacun de ses mots. Je la voyais s'illuminer et revivre à l'évocation de ses souvenirs.

– Vous dites « revivre » ? Votre mère vous semblait-elle triste ?

Les questions du docteur Bernstein me piquent – je dois tout dire, sans réfléchir, coller à mes sensations.

– Oui, elle n'était que joie jusqu'à mes dix ans. Ensuite, quelque chose s'est brisé sans que je sache quoi. Un jeudi, je suis rentrée de l'école et elle est restée assise dans son fauteuil. Elle ne s'est pas levée pour m'embrasser, elle n'a pas répondu au téléphone qui sonnait, et elle ne m'a pas préparé mon goûter comme elle avait l'habitude de le faire. Et cela n'a plus jamais changé.

– Vous êtes-vous sentie rejetée ?

– Je me suis sentie coupable.

Dans le métro, encore sonnée par la séance, je regarde un père installer sa fille sur le strapontin à côté de moi. Il lui caresse les cheveux et l'embrasse sur le front. Elle lui sourit avec admiration. Je laisse mon siège et m'éloigne tant cet hymne de tendresse me comble de bonheur.

Ce sont les premières phrases que j'ai dites au docteur Bernstein lorsqu'on s'est rencontrés. « Mes parents m'ont comblée de bonheur. Quelques années. » Une courte décennie à cause d'une donnée inconnue qui avait brutalement fait passer ma mère de l'extravagance à l'invisibilité. Après sa mort, je me suis promis de te faire parler papa, de comprendre tes silences. Qu'au moins toi, tu ne m'échappes pas complètement. Mais à chaque fois que je tentais une approche, tu me répétais que c'était au-dessus de tes forces, un seul mot et c'était tout ton corps qui allait pleurer.

De retour à la maison, je constate qu'il me reste près d'une heure et demie avant d'aller chercher Suzanne à la halte-garderie. J'observe les photographies étalées sur la table. Je reprends celle de Marcos, ton frère – aîné ou cadet ? Je la retourne et distingue, en tout petit, une date que je n'avais pas remarquée la première fois : « 9 mai 1975 ».

L'angoisse me foudroie. L'obsidienne dans mon ventre s'agite. Si la photographie a été prise en 1975, cela signifie que mon oncle était sûrement dans l'armée au moment où la junte a pris le pouvoir, qu'il a probablement participé aux enlèvements, aux tortures, aux disparitions. Ou alors il aurait déserté ? Le pire me vient à l'esprit, j'imagine toujours le pire, la tyrannie du verre à moitié vide. J'essaie de me calmer pour conserver les idées claires, sauf que tout se déchaîne dans ma tête, hypothèses folles ou tragédie du réel, je vois deux frères déchirés par l'Histoire, l'irruption de la violence au cœur des alliances si chère à Aristote. Je la sens, fracassante, je n'avais jamais envisagé qu'elle puisse faire partie de mon histoire. J'entends les cris, je ressens la douleur d'avoir été trahie par son propre sang, je palpe le néant consécutif à la perte. Je te visualise papa, seul et amaigri dans une cellule sans fenêtre, suspendu à l'existence par un fil invisible et sur le point de se rompre. Subir une telle trahison exclurait n'importe qui du monde des vivants.

Je dois me tromper. Forcément. Ma tête pense tout le temps à la place des faits. L'oppression monte jusque dans mon cou, ma roche s'enflamme, ensorcelée par un rite chamanique, je ne peux plus me retenir, repousser le moment, j'attrape le carnet numéro un, je passe la page de garde, « *Cuaderno de Ernesto* – 1936-1946 », et je commence à lire.

. . . . . . .

*San Juan, 18 mai 1936.*

Je me suis encore assis dans la cuisine en face de mon père. Je déteste être en face de lui et le regarder. Je vois ses trous de nez poilus et il me mouille la figure quand il parle.

Maman m'avait prévenu : aujourd'hui c'est important. Et elle pleurait parce que important pour mon père ça veut dire que si je me trompe, on se prend des baffes. On aime pas ça les baffes avec maman. Et moi, je voulais pas avoir encore des bleus sur les joues. Alors j'ai respiré fort, Garufa mon jaguar a fait six fois pipi. Après, on est allés dans la cuisine pour voir mon père.

Pour le jour IM-POR-TANT.

Un collègue de mon père était là. Un militaire gros et rose. Il m'a emmêlé les cheveux pour dire bonjour. Sa main sentait la brillantine sale. Ça nous a énervés avec Garufa. Puis j'ai vu sa veste avec plein de médailles en or ! Le gros est un héros de guerre ! J'ai eu envie de lui poser plein de questions : combien d'hommes il a tués, est-ce qu'il a failli mourir, c'est quoi son arme préférée ?

Mais j'ai pas pu. J'ai pas le droit de parler si mon père me dit pas que je peux !

Après le gros héros s'est assis à côté de mon père. Il l'a appelé Le Français et mon père a eu l'air content. C'était bizarre.

Puis mon père a toussé et il s'est redressé comme un piquet. C'était le signal.

Derrière, maman a frotté tout ce qu'elle pouvait : le tour de l'évier, les boîtes en verre, le tour de l'évier, la planche en bois, le tour de l'évier. Alors je me suis redressé moi aussi. Si je faisais comme mon père, c'était forcément bien. Il a toujours raison à la maison.

Une fois il m'a expliqué. Il peut tout faire parce que c'est un père. Il peut battre maman, cracher par terre, manger plus que nous, tout ce qu'il veut. Je m'étais dit c'est génial d'être père. Et j'ai vu maman se ratatiner autour de son cou. C'est devenu un petit animal maman entre la belette et le tatou. Alors j'ai changé d'avis.

Mon père a gobé son café. Il s'est brûlé la langue, je l'ai vu même s'il a fait semblant que non. Je sais très bien faire semblant alors je sais quand les autres le font. Il m'a dit : récite les jours de la semaine.

Il a fait le geste et j'ai pris mon souffle. J'ai récité comme un grand. En français, la langue de mon père : lundi, mardi, mercredi, jeudi, vendredi, samedi, dimanche.

Mon père a souri. J'ai pensé : sauvés, on aura pas de baffes avec maman ! Pour la première fois, il était content de moi. Sauf que tout de suite après, il a mis ses yeux noirs tout riquiqui dans les miens et m'a dit : continue avec les mois.

J'ai repris mon souffle et j'ai récité. Je me suis appliqué. Tout pareil.

Janvier, février, mars, avril, mai, juin, août, septembre, octobre, novembre, décembre.

J'étais content d'avoir tout bon, mais mon père s'est levé et m'a giflé. Je suis tombé de la chaise. Mes yeux ont pleuré tout seul, je pouvais rien faire. Mon père était encore plus furieux. Il m'a relevé et m'a donné une autre gifle sur mon autre joue. J'ai glissé au sol et maman a frotté son évier encore plus fort.

J'avais oublié juillet.

Mon père a crié des mots interdits en espagnol : *¡Papa frita!*, *¡Idiota!*. Ça m'a fait mal à l'intérieur.

En plus le gros s'y est mis aussi, il a dit des mots pas gentils, des mots que je comprenais même pas. Il méritait pas ses médailles ! Je pleurais et j'ai cru que mes yeux allaient plus avoir d'eau. J'étais perdu. La gifle de mon père m'avait fait mal. J'étais pas bien, pas bien du tout. Alors je me suis enroulé comme une petite boule sur le carrelage. Comme maman fait autour de son cou. J'ai fait la toute petite boule pour disparaître moi aussi.

Je suis pas bête je sais que ça marche pas comme ça. J'ai pas de terrier dans le sol. Mais Garufa m'a emmené dans le ciel ! On a dansé avec une princesse guaranie dans la forêt. Elle voulait faire de moi le nouveau chef des Indiens. Il y avait un feu de camp et des tam-tams. Comme dans les contes que maman me raconte le soir pour m'endormir. C'est une Indienne maman. Une Indienne guaranie.

Quand je suis revenu dans la cuisine, maman était par terre. Son nez saignait et le gros a donné une tape dans le dos de mon père pour le féliciter. Il lui a dit : ça devrait marcher ta promotion. Je sais pas ce que c'est une promo-trucmuche mais mon père a souri de ses dents toutes jaunes.

Le gros s'est approché de moi. Il a dit en espagnol : t'as de la chance d'être son héritier. Il m'a donné la même tape dans le dos qu'à mon père pour dire au revoir. Avec Garufa, on lui a lancé des poignards avec nos yeux.

Maintenant j'ai compris. Héritier c'est tout moisi. Comme les dents de mon père.

. . . . . . .

Mon cœur se serre en découvrant tes mots. Je regarde la photographie de mon grand-père, ton commandant C., son visage doux et sa méchanceté en sourdine, prête à se déchaîner sur les plus faibles.

. . . . . . .

*San Juan, 25 mai 1936.*

J'ai plus de bleu sur ma joue et plus de père.

Depuis hier.

Je jouais dans les champs avec Garufa. On rugissait. Même que j'ai rugi très fort et qu'on m'a entendu à des kilomètres.

Quand je suis revenu à la maison, maman a couru vers moi avec un sourire.

Elle m'a dit : il est parti pour de bon !

Elle est belle maman quand elle sourit. Elle était heureuse et je me suis dit que les gens moches devaient être des gens tristes. Moi aussi je devais être beau parce que j'étais content sur le moment.

Mon père en a eu marre d'être père chez nous. On s'est tellement ratatinés avec maman, il avait plus rien à ratatiner. San Juan c'était devenu trop petit pour lui. Que des bouseux !

comme il disait. Mon père rêvait tout le temps de la France, de son rang et des Françaises.

Le soir on a bien rigolé avec maman. Tellement que j'ai eu mal au ventre. Après j'arrivais plus à dormir. Je savais pas si en fait j'étais heureux ou triste du départ de mon père. J'ai réfléchi toute la nuit et j'ai pas trouvé la réponse.

Tout à l'heure je me suis senti plus léger. Je suis allé faire les courses avec maman et les voisins ont parlé dans notre dos. Ils pensaient qu'on entendait pas. Mais j'ai des oreilles de loup. Alors j'ai entendu quand ils ont dit : son mari est parti en ville rejoindre sa maîtresse. À la maison, je l'ai répété à maman mais elle était pas d'accord : c'est son secret qui l'a fait partir, pas une maîtresse !

J'adore les secrets, j'en ai plein ! Je pensais pas qu'on se ressemblait sur quelque chose avec mon père. Maman m'a expliqué. Mon père marmonnait dans son sommeil. C'était un commandant de l'armée française et à cause de lui la Grande Guerre était devenue encore plus une boucherie. Il avait eu peur d'être puni et il s'était sauvé. Il avait abandonné son bataillon. Déserteur, je crois que c'est ça le mot. Il a fait déserteur et il est venu ici, à San Juan en Argentine, dans la campagne. Il a changé de nom et il a démarré une nouvelle vie.

Maman pleurait en même temps qu'elle parlait. Alors j'ai fait ma tête de j'ai compris. Elle regrettait d'avoir épousé mon père. Avec un Guarani comme elle, elle aurait eu moins de problèmes.

Après elle m'a serré fort dans ses bras en me disant que j'étais sa lumière et son trésor. Et elle est partie préparer un repas de fête.

Notre vie va continuer. Sans père qui tape. Garufa aura plus envie de faire pipi tout le temps.

. . . . . . .

J'ai eu de la chance que tu prennes le contre-pied de ce que tu avais vécu papa. Tes mains avaient appris à se substituer aux mots : tu me chatouillais, me faisais voler dans les airs, m'ébouriffais les cheveux. Tu prenais maman dans tes bras, la faisais danser, sourire. Tu étais un être de gestes tendres.

. . . . . . .

*San Juan, 9 juin 1936.*

Notre bonheur avec maman s'est envolé. Comme on souffle dans une plume.

Hier soir il faisait bon. On a ouvert les fenêtres puis un homme qui sentait la biquette est entré. Il a emmené maman dans la chambre et elle a crié.

J'arrivais pas à bouger, mes pieds étaient collés dans le sol. Maman appelait à l'aide et je serrais Coco mon ours en peluche contre moi. Garufa rugissait pour faire sortir l'homme, mais ça changeait rien. L'homme partait pas ! J'ai pleuré et je me suis dit que si j'avais laissé Coco à maman elle aurait eu moins peur et moi aussi. Peut-être que l'homme serait parti parce qu'il aurait eu la trouille de voir un ours dans le lit de maman.

Mais rien de tout ça est arrivé. Maman a crié de plus en plus fort. Je sentais le lit cogner contre le mur, comme des coups de marteau. Puis au bout d'un moment, tout s'est arrêté. Il y a eu un gros silence encore plus terrifiant que les cris.

Et pan ! un coup de feu.

Garufa s'est fait pipi dessus. Même mon père avait jamais réussi à lui faire aussi peur. J'ai essayé de tout effacer avec ma gomme invisible pour revenir en arrière. Pour être grand, courageux et protéger maman. Mais je suis qu'un petit bouseux comme disait mon père.

Bouseux ! Bouseux ! Bouseux !

Après j'ai entendu des pas s'avancer vers la porte. J'ai espéré que c'était maman, elle qui avait tiré et tué la bête. Mais c'était lui. L'homme qui pue. Il est entré dans ma chambre. Il a vu que j'y étais pas alors il a cherché. Il a pas mis longtemps à nous trouver avec Garufa. On était recroquevillés comme deux asticots sous la table du couloir, trempés de larmes et de pisse. Il s'est agenouillé pour être à ma hauteur et il a parlé. Sa bouche sentait encore plus mauvais que lui : elle est morte ta mère. Si tu dis à quelqu'un que tu m'as vu, je te tue toi aussi. T'as compris ?

J'ai rien pu répondre. J'étais comme une statue mais avec un cœur qui fait du bruit dedans. J'entendais que ça. Boum boum boum. L'homme s'est mis à rire très fort, à dire que c'était de ma faute si maman était morte, que j'étais un minable et que je ferais mieux de quitter San Juan si je voulais pas avoir d'ennuis. J'ai rien dit. Boum boum boum. Je le haïssais drôlement mais j'avais encore plus peur.

Alors j'ai attendu et il est parti.

. . . . . . .

Je ne sais pas combien de temps je reste les yeux rivés sur ton journal comme si je ne savais plus lire. J'ai beau avoir parcouru des dizaines d'études sur le traumatisme, le viol, la résilience, je reste ébahie par ta force, ta capacité à avoir survécu, si jeune, à tant de violence. J'entrevois aussi pourquoi tu étais anéanti après la seule gifle que tu m'aies jamais donnée.

Je devais avoir huit ans, je jouais aux poupées dans le salon, Barbie ne voulait pas sortir en boîte de nuit avec Ken parce qu'elle préférait aller faire du roller. Maman venait de rentrer du travail, une journée épuisante, et elle attendait un baiser de sa fille. Mais j'étais trop absorbée par mon histoire : Barbie à rollers et Ken arrivaient en boîte de nuit : Barbie se trémoussait sur la piste de danse, j'étais dans mon monde, je ne réagissais pas, *Carmen, embrasse ta mère*, je jouais, immergée, *Carmen, je ne le répéterai pas, embrasse ta mère*, tu t'étais levé et m'avais giflée.

Maman était restée interdite.

Elle m'avait prise dans ses bras et t'avait fixé. Mais c'était toi, le plus stupéfait de nous trois. Sans un mot, tu étais parti, avais claqué la porte pour revenir, huit heures plus tard, ivre et grelottant. Je t'avais espionné par l'embrasure de la porte, pleurer tout seul, assis sur le canapé, la tête entre les mains. Je n'étais pas certaine que c'était toi – jusqu'ici, je ne t'avais jamais vu pleurer.

Je me rafraîchis le visage dans la salle de bains et retourne m'asseoir au salon. Je reprends la photographie de Marcos et me demande d'où vient ce frère, puisque ta mère est morte. As-tu retrouvé ton père ensuite ? Marcos est-il le deuxième fils du « Français » ? Et ton père, ce commandant C., quel genre d'homme était-il, au fond, pour frapper un enfant, l'humilier pour une raison aussi futile qu'un mois oublié, puis partir, fuir, abandonner les siens ? Si seulement je pouvais remonter le temps, introduire un peu de justice dans ton enfance, peut-être tes gestes auraient-ils été accompagnés de paroles, peut-être aurions-nous eu moins de désaccords ? J'étais si rarement à la hauteur, tu te souviens ? Mes amis, mes lectures, mes choix de vie et mes goûts, rien ne correspondait jamais à ton idéal. J'ai parfois eu le sentiment de ne pas être ta fille mais l'ombre de celle que tu aurais rêvé d'avoir. Alors je me défendais. Petite, on pouvait s'écharper comme deux fauves, et maman, seule au milieu du terrain, nous rappelait à l'ordre et ramenait la paix qui s'était subitement enfuie. En pelant des fruits.

Dès que nous commencions à monter un peu trop haut dans les tours, elle tendait le bras en direction de la panière à fruits, pommes, pêches, pamplemousses selon la saison, et elle les épluchait, tel un tableau mouvant de Rembrandt. À la maison, les fruits n'ont jamais manqué. Le réfrigérateur pouvait être vide, elle considérait que s'il y avait des fruits, il y avait de quoi se nourrir. Et dans ces moments de discorde familiale où les mots se transformaient en armes blanches, maman et ses fruits créaient une accalmie. Il m'arrive souvent de la revoir, assise seule à table, en train d'éplucher un pamplemousse avec la lenteur d'une pantomime et la minutie d'une horlogère. Mutique. Une fois son œuvre terminée, elle piquait deux fourchettes dans les morceaux puis allait se promener ou se coucher si l'heure s'y prêtait. Sans rien dire. Sans même nous regarder. C'était sa façon à elle d'annoncer la fin de la tempête. Ses fruits, c'était le phare qui nous ramènerait à bon port. Après son départ, nous allions à tour de rôle picorer un, puis deux, puis trois morceaux. Et sans nous en apercevoir, nous finissions par nous retrouver autour de la table, et par nous sourire. Maman savait à merveille tenir les comptes.

Parmi les photographies, je n'en vois aucune de mon grand-père avec sa femme. Aucune trace de ma grand-mère indienne. J'aurais tellement aimé que tu me parles d'elle et du sang guarani qui coule dans mes veines. J'ai passé mon enfance à vouloir des grands-parents, ceux des autres, à fantasmer les miens, héros d'un jour, agents secrets, paysans, alors que j'avais une grand-mère indienne. Plusieurs fois, je me suis taillée des grands-parents sur mesure pour impressionner les copains. Jusqu'à ce que je sois démasquée et que je devienne la risée de la classe, une menteuse que plus personne ne croirait. Le mystère de mes origines avait fait de moi une affabulatrice, une pauvre fille qui avait remplacé les silences par une fiction à son goût. J'ignorais jusqu'à l'existence des Guaranis, de la famille Tupi, qui constituait le groupe le plus important du continent sud-américain avant la conquête. J'aimerais au moins connaître le prénom de ma grand-mère.

Mon portable sonne.

La voix de Raphaël me glace instantanément. « 16 heures, Carmen ! Il est 16 heures ! Qu'est-ce que tu fais ? Tu devais emmener Suzanne chez la pédiatre ! Ta fille ! »

J'ai oublié,
Je n'ai pas vu le temps passer,
Raphaël enchaîne et je reste muette.

La halte-garderie l'a appelé, la pédiatre, il a dû s'excuser, reprendre rendez-vous dans un agenda déjà saturé.

« Je n'en peux plus de vivre avec une absente. Deux ans, cela fait presque deux ans, il faut que tu avances, que tu essaies au moins ! Ce vaccin était important pour Suzanne. Quelle est ton excuse cette fois ? »

Il faut que je lui explique ce que j'ai trouvé dans le bureau, ce qui m'a détournée. Je rassemble mes forces, je vais pour lui dire, lui prouver que ce n'est pas de ma faute mais : « Carmen, je ne rentrerai pas ce soir. J'emmène Suzanne avec moi, chez mes parents. Je pense que tu as besoin d'être seule pour réfléchir. Et moi aussi. On ne peut plus continuer comme ça. »

La phrase fatidique a été prononcée, celle qui clôt une relation en train d'expirer. Raphaël raccroche et je me sens misérable, seule face à un mur blanc, linceul funeste, une actrice sans public, un monologue en attente au bord des lèvres. Je suis fatiguée d'être un bateau fantôme en quête de port. J'essaie de lire, tes mots papa sont devenus des paquets. Je rappelle Raphaël, il ne répond pas ; je sors, je cours à la halte-garderie, plus personne. La carte avec le prénom de Suzanne et sa photographie collée sur son casier me dévisagent, tout comme l'assistante maternelle et son air désolé.

Je repars, tourne au coin de la rue.

C'est trop tard.

Ça monte.

Je m'assois au milieu du trottoir pour faire mes exercices de respiration, tout de suite, si je ne veux pas sombrer et me réveiller à l'hôpital. Je ferme les yeux et les souvenirs viennent me provoquer. Peut-être que je ne serrerai plus jamais le corps chaud de Raphaël dans mes bras, que je ne sentirai plus la caresse de ses baisers dans mon cou, n'entendrai plus sa voix grave me murmurer à l'oreille qu'il m'aime. Peut-être que l'illusion d'une vie heureuse est terminée. Finie. Finie. Finie.

C'était pourtant si bien au début. On passait des journées entières à faire l'amour, son souffle contre ma peau. Il adorait déambuler autour du lit, nu et bavard comme un procureur en plein réquisitoire, ses cheveux noirs, épais et lumineux, retombant avec désinvolture devant ses yeux. Il s'insurgeait contre tout pendant que moi, je humais son parfum, un mélange de fruits d'été et de sueur. Avec lui, je pouvais m'enfoncer dans les profondeurs du bien-être, perdue au milieu d'un cocon d'ivresse.

Dès le départ, le ton avait été donné. La Conférence Berryer. Deux plaidoiries sur le sujet : « Le bonheur est-il dans la mélodie ? » La première avait filé sans éclat, puis un jeune homme fin à la posture élancée du danseur, dos bien droit et nuque relevée, s'était mis debout. Raphaël. J'avais été éblouie par la liste étonnante d'arguments et de figures de style qu'il avait alignés pour transformer le « non » en évidence collective. J'étais allée le saluer, le féliciter, et lui laisser mon numéro. Il m'avait recontactée une semaine plus tard et la Conférence Berryer s'était invitée dans notre vie de couple. Nous créions notre mélodie de joutes et de rires, de disputes et de retrouvailles, le soir, Raphaël rentrant du cabinet et moi des cours, le week-end, lovés dans la chambre qui résumait mon appartement, nous discutions, pendant des heures, sur les vies accidentées, les remarques inattendues des étudiants, le droit à la présomption d'innocence, les cours d'intérêt public.

« Madame, vous allez bien ? »

J'ouvre les yeux, le visage d'un homme me fait face.

C'est vrai, je suis assise par terre au milieu du trottoir.

Dans l'appartement, définitivement seule, je reprends ton carnet numéro un, prête à tout savoir.

. . . . . . .

*San Juan-Buenos Aires, 12 juin 1936.*

Je me suis dépêché de partir. J'ai pris ma valise rouge et j'ai mis mes habits dedans, surtout des culottes et Coco. Coco pouvait pas rester seul. On avait besoin de lui avec Garufa, y a plus que nous maintenant !

Je suis allé dans la cuisine et j'ai ouvert la poche secrète de mon pantalon. Maman m'en avait fabriqué une entre les coutures de la ceinture pour mettre mes trésors. Dedans j'ai caché tout son argent. Elle gardait des billets enroulés dans du papier dans le bocal de farine de manioc. Elle savait que mon père viendrait pas fouiller là. Il répétait tout le temps : la cuisine c'est pas pour les hommes, ni pour les garçons ! Sors de là !

Je sais pas où elle a trouvé ses billets. Je l'ai vue faire un jour où je jouais au Ruvichá chef des Guaranis avec Garufa. Elle revenait des courses et elle s'était faufilée discrètement comme Pitogüé le guerrier des contes. Il est agile et malin, il sait très bien échapper à la surveillance des vieilles Indiennes. Maman savait très bien échapper à celle de mon père. Sauf que Pitogüé est pas gentil. Pas comme maman.

J'ai hurlé dans la cuisine. Puis Garufa m'a fait une léchouille pour me réveiller : on devait pas rater le bus. Maman m'avait dit un jour : si quelque chose t'arrive, tu vas à l'orphelinat de Buenos Aires calle Mendoza et tu demandes la sœur Rosa d'accord ? J'ai tout bien mémorisé. Je suis très bon pour ça quand on me fait pas peur.

Je me suis dit que si maman était devenue comme Pitogüé, le dieu des Guaranis, Ñandeyára, l'avait transformée elle aussi. C'est peut-être un oiseau maman, un colibri qui vole partout et va rester avec moi.

J'ai pris ma valise. J'ai pas voulu regarder la porte de sa chambre. J'avais pas envie d'imaginer qu'elle était morte derrière. C'est trop bizarre de se dire que quelqu'un est là et pas là en même temps. Alors j'ai tendu mon bras devant moi et je suis sorti comme un Ruvichá. J'ai fermé la porte de ma maison sans faire de bruit et j'ai dit au revoir.

J'ai marché jusqu'au bus. Le soleil était très puissant. J'étais obligé de plisser les yeux. Ça faisait une lumière blanche. Mais j'ai quand même vu que le soleil était au-dessus des champs. Ça voulait dire que j'étais en retard ! Il fallait pas que je rate le bus sinon la police ou l'homme qui pue la biquette allaient me retrouver et peut-être que j'allais mourir moi aussi.

Je me suis mis à courir. Très vite.

C'était dur parce que ma valise était grande et mes genoux cognaient dedans. J'ai essayé de changer de main, de la soulever pour que le toc toc dans mes genoux s'arrête, mais j'étais tellement concentré que j'ai pas vu Miguel et sa bande arriver.

Eh la fillette, où tu cours comme ça ?

C'est pas vrai ! Pourquoi ils sont là ? Ils m'ont jeté des cailloux. Ça m'a mis en rogne. J'avais pas de temps à perdre, il fallait que j'attrape mon bus si je voulais pas avoir plus de problèmes. J'ai continué et Miguel s'est planté face à moi. J'ai levé la tête pour le regarder. Il m'a plaqué au sol. Il s'est assis sur mon ventre et m'a donné des gifles avec ses deux mains, une deux une deux, ses mains sautaient comme les boxeurs, une deux une deux. Ça bouillonnait en moi. J'ai senti un courant chaud grandir dans mon ventre et monter jusqu'à ma bouche : AHHHHH !

Mon corps a crié, il était hors de contrôle. Il a éjecté Miguel et mes mains ont attrapé une grosse pierre tranchante qui traînait au sol. J'ai sauté et j'ai écrasé la pierre sur le visage de Miguel.

Tout le côté droit y est passé.

Sa joue saignait comme un bœuf égorgé. Pendant pas longtemps j'ai eu peur. Je me suis dit c'est Añá le malin des contes de ma maman qui a blessé Miguel. Añá qui s'est glissé en moi par le courant chaud.

Je suis maudit !

Miguel s'est relevé en hurlant. Je me suis mis à courir comme un fou parce que s'il me rattrapait, c'en était fini pour moi. J'ai oublié Añá et j'ai foncé jusqu'au platane où le bus était en train de partir. J'ai fait des grands signes avec ma valise rouge, s'il vous plaît s'il vous plaît ! Cette fois, c'est pas Añá qui m'a aidé mais Ñandeyára j'en suis sûr. Ñandeyára l'incroyable ! Le dieu des Guaranis ! Parce que le bus s'est arrêté !

Mais le chauffeur dégoûtant avec ses poils de nez qui sortaient a pas voulu me laisser m'asseoir. Il a dit : mais qu'est-ce tu fais ici tout seul mon petit ? C'est dangereux, rentre chez toi. J'ai insisté. Ses poils de nez ont bougé parce qu'il était pas content. Il a continué : j'ai pas le droit de te prendre, va retrouver tes parents. Je me suis pas dégonflé, j'ai dit : je peux pas, ils sont morts mes parents et je vais mourir sur cette route si je monte pas ! Il a fait sa tête surprise de chauffeur. Et j'ai sorti ma grosse voix comme mon père : je veux aller à Buenos Aires ! Je lui ai donné un des billets de maman que j'avais caché dans les coutures de ma ceinture, je sais pas lequel. Un gros sûrement, vu ses yeux de poulet. Il a fixé les égratignures sur mon visage, la bande de Miguel, le billet, et il a fermé la porte.

J'étais sauvé !

J'ai fait ma plus belle grimace à Miguel et je me suis assis devant pour regarder la route.

Sauvé.

Puis j'ai vu un colibri de l'autre côté de la vitre. Je le jure. On s'est souris. Si maman est pas allée à la Terre sans Mal comme tous les Guaranis exceptionnels, elle doit être dans cet oiseau vert. Mais au fond de moi, j'espère qu'elle est sur la Terre sans Mal.

Pour la première fois, j'ai expliqué à Garufa ce que c'était.

Chez les Guaranis, au début de tout c'était le chaos. Alors notre grand-père à tous, Ñandeyára, s'est créé à partir du chaos pour nous sortir de là. Il a même créé d'autres dieux pour fabriquer la Première Terre. C'est la Terre Originelle. Ñandeyára l'a faite avec ses copains. Ils s'appellent le Père des Mots, le Maître des Flammes, le Maître de la Brume et le Maître des Eaux. Ensemble, ils ont inventé la mer, les animaux, le jour et la nuit. Et quand ils ont eu tout fini, ils nous ont fait habiter avec eux sur leur Terre. C'était génial, il paraît. Mais ensuite il y a un homme, Japensá, il a fait n'importe quoi.

Maman a pas voulu me dire quelle bêtise exactement mais j'ai compris que c'était très grave parce qu'après les dieux ont plus voulu vivre avec nous. Ñandeyára a même créé une

Deuxième Terre juste pour nous. Beaucoup moins belle, avec des maladies et de la tristesse.

C'est sur celle-là qu'on vit aujourd'hui.

Mais les Guaranis pensent que s'ils mènent une vie parfaite, ils pourront retourner sur la Terre sans Mal.

C'est pour ça. J'espère fort que maman a pu y aller et qu'elle est pas restée sur la mauvaise Terre pour veiller sur moi. J'espère que ce colibri, c'était juste un colibri.

. . . . . . .

Sur la page suivante, il y a un dessin d'oiseau, un dessin d'enfant, vert. Et à côté, il n'y a rien. Juste une page blanche avec écrit « Maman ».

. . . . . . .

L'arrivée à Buenos Aires m'a fait un drôle d'effet. J'étais fatigué et j'imaginais pas la ville comme ça. Quand je suis sorti du bus, les gens grouillaient de partout. Tout allait vite. Et ça sentait fort. J'ai regardé autour de moi. Je savais pas dans quelle direction aller.

J'ai pris ma valise rouge et j'ai demandé à un monsieur à moustache où était la calle Mendoza. Il a fait une tête bizarre pour dire qu'il savait pas.

Là-dessus, un grand est venu me voir pour savoir où je cachais les billets que j'avais tendus au chauffeur. Je me suis rappelé que je l'avais vu dans le bus, assis tout au fond, quand je suis monté. Il devait venir de loin lui aussi mais je lui ai pas répondu quand même. Il a commencé à me fouiller.

Je lui ai crié d'arrêter : STOP ! Je suis pas d'accord ! Je savais qu'il trouverait pas les billets dans ma poche secrète. Mais j'avais pas envie qu'il ouvre ma valise et voie Coco. Garufa s'est mis à rugir pour m'aider mais le grand a pas bougé. Il fallait que je l'éloigne vite si je voulais pas qu'Añá revienne dans mon corps !

Alors je me suis mis à faire le porc, à grouiner fort en tournant autour de lui comme un vautour. Grouin Grouin Grouin !

Il a dit : mais t'es pas bien dans ta tête, toi !

J'ai continué de plus en plus fort. Un hurluberlu. C'est maman qui m'a appris ce mot. Autour de nous, les gens ont ri et le grand a eu honte et s'est enfui. J'étais soulagé. Avec mon idée de porc, Coco venait d'être sauvé. Garufa m'a félicité d'une léchouille puis quelqu'un a klaxonné. Je me suis retourné et j'ai vu deux religieuses traverser la route. Elles devaient savoir où c'était l'orphelinat, c'est sûr.

Je me suis appliqué pour leur parler : pardon mesdames les sœurs, je voudrais aller à l'orphelinat de Buenos Aires, calle Mendoza, pour voir Rosa. Vous pouvez m'emmener ?

Elles ont d'abord ouvert en grand leurs yeux, puis la plus jeune a pris ma valise pour la porter. Elles travaillaient là-bas et Rosa, elles la connaissaient très bien.

Je leur ai souri et j'ai pris une grande inspiration. J'ai senti que j'aurai plus jamais peur de rien.

. . . . . . .

Il fait nuit lorsque je découvre ton arrivée à l'orphelinat, le dortoir et la solitude qui fait grandir trop vite.

Sur la table, à côté de la boîte bleue, ma vodka. Je regarde ma montre, geste réflexe, 23 heures. Aucun appel de Raphaël, cinq de Jeanne. Elle veut s'assurer que je vais lui livrer mon article demain. Je prends un verre et je la texte : « En train de boucler. T'embrasse ».

Elle me répond du tac au tac : « Formidable », accompagné d'un smiley en forme de biceps rebondi pour m'encourager. Je renvoie un texto à Raphaël, le centième peut-être, et je m'affaisse sur le canapé. Tes mots, papa, clignotent devant moi, des warning incessants : « Je leur ai souri et j'ai pris une grande inspiration. J'ai senti que j'aurai plus jamais peur de rien. »

J'ai peur de tout, le savais-tu ?

Des maladies, des autres, des choix. Plus que tout le reste, j'ai peur des statues et des miroirs. Pour les statues, mon psychiatre pense que c'est lié au suicide de maman. Quant aux miroirs, je ne sais pas, mais aller chez le coiffeur est une corvée. Avec mes cheveux bouclés, je donne quelques coups de ciseau au hasard afin de gagner du temps. Et le moment de prendre rendez-vous et d'y aller finit toujours par arriver. À chaque fois, c'est pareil. J'hésite, je traîne les pieds, mon corps résiste. Je flâne devant les boutiques, je m'arrête devant une boulangerie pour humer l'odeur des pains au chocolat sortant du four, j'attends plusieurs feux rouges et, finalement, je pousse la porte vitrée qui fait tinter la clochette. Le coiffeur ne s'agace jamais, quelle que soit l'ampleur de mon retard et, du même geste de la main, il m'invite à m'asseoir. La cliente précédente, une blonde élancée au nez pointu ou une petite brune à mini jupe, termine de contempler son brushing dans le miroir. Mon tour approche. Je respire en m'enfonçant dans le siège, je me répète que je n'aurais pas dû venir, puis me rassure. Le salon est lumineux, des cactus côtoient les peintures conceptuelles de quelques artistes à la mode, un mur bleu lagon me fait face et FIP joue en fond à un niveau sonore acceptable. Tout est prévu pour se sentir bien. J'entends même la voix apaisante de Raphaël me dire « Détends-toi, tu ne joues pas ta vie », je me vois lui sourire en retour, incapable de sortir des sons. Le problème est là : aucune vie ne se joue car il n'y a pas de vie clairement identifiée en jeu.

« Alors, qu'est-ce qu'on fait ? Je t'ai déjà dit que tu ressemblais à Salma Hayek ? »

Le coiffeur est derrière moi, enthousiaste comme un matin de Noël. Il me touche les cheveux. Face à son immense miroir, je me regarde et cela me saute aux yeux, ce visage rond entouré de boucles brunes desséchées, ces yeux noirs, aussi vides qu'un abîme, ce n'est pas moi. Je ne me reconnais pas. La semaine dernière, j'ai cherché la définition de « reconnaître » dans le dictionnaire. Le verbe signifie « retrouver, rappeler à sa mémoire », il désigne l'opération par laquelle l'esprit saisit un objet en reliant entre elles des images et des perceptions le concernant. Dans mon cas, ces images ne correspondent jamais à mon ressenti. Je suis étrangère à moi-même, exilée de mon propre corps.

« Alors, qu'est-ce qu'on fait ma belle ? Un carré rock ? »

Je ressors toujours avec un carré rock.

Salma Hayek aux cheveux bouclés.

Salma Hayek qui a besoin de boire.

Boire. Boire. Encore boire.

La première fois, j'ai bu par plaisir. Découvrir de nouvelles saveurs, employer les bons termes, fruité, rond en bouche, puissant. Ensuite, j'ai basculé, tout doucement. Jeanne m'a parlé d'alcoolisme mondain. Elle y avait échappé et avait réussi à se prouver sa liberté en s'imposant deux jeûnes par semaine. Jeûner ne m'a jamais intéressée. Dès que j'ai une occasion de m'autodétruire, je saute dessus. Je suis donc passée au niveau supérieur : j'ai consolidé ma dépendance au nom de mon intégration professionnelle. C'était l'excuse parfaite face au pouvoir électrisant et anesthésiant des alcools forts. Raphaël m'a laissée faire. Au début, il s'amusait même de mes retours éméchés. Il a fallu du temps pour qu'il prenne conscience de la situation et ose me dire : « Tu bois trop, je m'inquiète. » C'était il y a deux ans et j'ai continué de boire, par provocation, jusqu'au jour où le jeu avait assez duré. Un matin, j'avais décidé d'arrêter. Mais ce matin où les bonnes résolutions auraient dû être prises, tu es mort papa, sans préavis. Je n'ai pas réussi à arrêter. J'ai bu en cachette, davantage, le matin, la journée, le soir, dès que je pouvais, l'alcool m'aidant à oublier que j'étais là, dans un vide rempli d'agitation, sans parents, sans passé, avec un amoureux lassé et une fille qui ne me semble pas être la mienne.

Tu es mort vingt-quatre ans après maman.
Déni de grossesse. Suzanne est née.
Tu es mort, et tu as pris encore plus de place.

Je me sers un grand verre d'eau à la cuisine. Avec l'alcool, les pauses à l'eau permettent de gagner du temps. Je retourne m'asseoir et, dans le silence de la nuit, je reprends le cours de ta vie. Il me reste quelques heures pour trouver une issue. Raphaël a raison, cela ne peut plus durer.

. . . . . . .

*Buenos Aires, 20 juin 1936.*

À l'orphelinat, j'ai rencontré Marcos. C'est Dieu qui nous a rapprochés parce qu'on a été baptisés en même temps.

On est allés à l'église avec les sœurs Rosa et Maria. Rosa est toute ridée mais très gentille. Elle a connu maman quand elle était jeune, je sais pas trop comment. Elle m'a dit : par hasard. Maria, on dirait une tapisserie, elle est toujours là mais dit jamais rien. J'étais impatient parce que j'étais jamais allé à l'église. Mes parents s'en fichaient. C'était pas leur truc. Mon père avait pas de Dieu et maman en avait plein.

L'église où on est allés était géante, presque aussi haute que les nuages. J'ai couru même si j'avais pas le droit.

WAAAAH ! C'est le premier mot qui m'est venu.

WAAAAH ! WAAAAH ! WAAAAH !

Après j'ai senti du souffle froid sur mes mollets et je me suis demandé si c'était Dieu qui me souhaitait la bienvenue ou si y avait juste un courant d'air.

Les sœurs sont entrées avec Marcos et elles ont attendu sans parler. Le silence et les sœurs c'est un peu comme moi, Coco et Garufa, ça va de soi. Sauf que le silence, c'est bien plus ennuyeux qu'un ours en peluche ou un jaguar.

Heureusement, le prêtre est vite arrivé. J'ai eu envie de rigoler tellement il était petit. On aurait dit un enfant avec une tête de grand. Il a souri et a fait le signe de croix sur notre front. On s'est regardés avec Marcos en étant un peu inquiets. C'est qu'avant on nous avait jamais caressé le front avec un doigt.

Le prêtre a dit qu'on était ici chez nous dans la maison de Dieu. On a observé l'espace, les bancs, les statues, les bougies, tout dans le gros silence, et à part le labyrinthe qu'on pouvait faire en jeu avec les bancs de prière, j'ai trouvé que c'était drôlement triste sa maison à Dieu.

Rosa a vu que je rêvassais et elle m'a poussé dans le centre de l'église. Il y avait une tribune et une bassine en pierre avec de l'eau dedans. Le prêtre et les sœurs ont commencé à chanter des prières. On savait pas si on devait chanter nous aussi avec Marcos ou si on devait se taire comme les statues autour de nous.

Dans le doute, on a rien fait, et c'est là qu'il est arrivé.

Dieu.

Pas Ñandeyára, l'autre, le dieu des catholiques.

Je regardais les narines du prêtre s'élargir quand il chantait et mes doigts de pied ont commencé à me picoter comme si j'avais des fourmis dessus. Les fourmis ont grimpé le long de mes jambes en me brûlant. J'ai eu peur. J'ai cru que l'intérieur de moi prenait feu comme une toile avec de l'essence dessus.

Puis j'ai compris.

Dieu était en train de faire partir Añá de mon corps ! C'était à ça que servait le baptême, à chasser les mauvais esprits qui te font une mauvaise vie !

Plus le prêtre et les sœurs chantaient, plus ça me chauffait le corps et plus je sentais qu'Añá passait un mauvais quart d'heure. J'ai laissé faire, et après j'ai plus rien senti du tout.

Le prêtre a mis de l'eau sur mon front, il a refait le signe de la croix. Il m'a dit fièrement : tu es un enfant de Dieu à présent.

Il m'a donné une croix en bois pour prier et je lui ai fait mon plus beau sourire. Moi aussi je l'avais senti. Dieu était fier de m'avoir dans sa famille.

. . . . . . .

Marcos était donc ton frère de cœur, orphelin lui aussi. Mais j'ai du mal à t'imaginer croyant, et aussi bavard, toi qui étais si mutique. Quand tu venais me chercher en voiture au collège, j'espérais que tu me parles, de tes interventions de plombier, de ton déjeuner, de tes rencontres, qu'importait. Mais tu ne disais rien. Pendant nos trajets, sûrement interminables pour toi et trop courts pour moi, j'étais heureuse à l'idée de partager un moment de complicité, convaincue que l'espace confiné de l'habitacle allait te pousser à me poser des questions, à connaître le nom de mes copines au collège ou le titre de ma chanson préférée. Mais non. Après m'avoir concédé deux trois phrases avec un délicat sourire, tu finissais toujours par monter le son de la radio, m'interdisant tout accès à toi. Avec le temps, j'ai appris à me contenter de ces silences où, malgré tout, nous étions ensemble.

Je ne t'ai jamais vu prier ou manifester une foi quelconque. À quel moment l'amour de Dieu t'a-t-il quitté ? Pendant la dictature ou après ? Ces dernières années, tu m'as répété vouloir être incinéré, tes cendres dispersées dans une forêt, comme un Indien. Un Guarani sûrement. Les enterrements avec messe et mise en terre, c'était pour les autres. Toi, tu voulais retrouver la beauté du monde : la nature. Dieu ne faisait plus partie de ta famille depuis longtemps.

. . . . . . .

*Buenos Aires, 25 juillet 1936.*

Ce que j'ai jamais dit à personne avant que Marcos devienne mon copain, c'est que cette nuit-là, je suis retourné voir maman. On aurait dit que l'homme qui pue avait repeint sa chemise de nuit en rouge et avait étalé de la viande hachée sur les murs.

Je suis pas idiot, je sais que c'est la cervelle de maman. Je l'ai dit comme ça à Marcos. Il m'a regardé, surpris, puis il s'est remis à jouer avec le tisonnier qu'il avait trouvé par terre. Alors j'ai continué de lui raconter. Je savais qu'il dirait rien. Dieu a décidé de lui faire une tête de capot cabossé. À cause de ça, il peut pas parler Marcos, et personne veut être son ami. Tout ce qu'il peut faire avec la grosse fente qui lui sert de bouche, c'est pousser des grognements de lion et des sifflements de pinson en agitant les bras. Je suis tranquille, il dira jamais rien.

Je lui ai expliqué. Je comprends pas comment on peut avoir autant de viande hachée dans la tête et être capable de faire tout ce qu'on fait. Quand j'ai dit ça, il a tourné la tête vers moi et a frappé une fois le sol avec son tisonnier rouillé. Ça voulait dire qu'il était d'accord.

C'est notre code, un coup oui, deux coups non. À l'orphelinat Santa María, Marcos c'est mon meilleur copain. Il est là pour moi, même s'il parle pas. Il m'écoute et me console quand j'en ai besoin.

Il a pas eu de chance lui non plus et il a pas de Garufa. Ses parents se sont débarrassés de lui. Il paraît qu'ils sont riches et que c'est pas bien chez eux d'avoir un enfant moche et muet. Dans leur monde, la faiblesse c'est pas possible. C'est le prêtre qui me l'a dit et même que c'est contre la volonté de Dieu que de faire ça. Moi je pense que les parents de Marcos devaient avoir honte. Ils ont même pas eu le courage de le baptiser. Ils ont dit à leurs amis que Marcos était mort à la naissance et ils ont fait un faux enterrement. Après, ils l'ont élevé en cachette. Et quand ils en ont eu marre, ils l'ont amené ici. Marcos, ça a pas l'air de le déranger. La vie glisse sur lui comme du beurre dans une poêle à frire. Je lui ai dit l'autre jour et ça l'a fait rire. Pareil avec mon histoire, il jouait, ça glissait comme du beurre dans une poêle à frire. Mais je sais qu'il m'a entendu. Au repas, on nous a servi une bouillie de viande hachée. On a pas le droit de gâcher sinon c'est les coups de martinet. Surtout la viande. Mais je pouvais pas. C'était la cervelle de maman qu'on venait de me servir ! Et je voyais la bonne sœur passer dans les rangs pour surveiller. J'ai eu peur et j'ai fait semblant. Marcos m'a regardé et a tout de suite compris. Alors qu'est-ce qu'il a fait, il a mis toute sa viande dans sa bouche, il a avalé comme ça d'un coup, puis il a pris mon assiette et a mis la sienne à la place. J'ai cru qu'il allait vomir tellement il avait de viande dans la bouche. Il a tenu et le soir il était malade. Le pauvre, il a passé toute la nuit aux toilettes pour m'avoir sauvé. Après ça, je sais que toute ma vie je pourrai compter sur Marcos.

. . . . . . .

J'ai englouti les pages. Tu as partagé avec Marcos l'existence de Garufa et de Coco. Avant de leur dire au revoir, l'année de tes dix ans. Tu les as enterrés à côté de l'orphelinat parce que tu avais décidé qu'il te fallait grandir et que tu n'avais plus besoin d'eux pour t'aider à te surpasser. Désormais, tu en étais capable tout seul. Tu as inventé un rite guarani et tu t'es séparé d'eux, un dimanche après la messe. Je suis l'antithèse de ton courage. Je bois. Trente-six ans et l'alcool pour ami imaginaire. Il me permet d'avancer et de me déresponsabiliser quand j'échoue ou manque à mes devoirs. Comment as-tu fait, papa, pour ne jamais abandonner ?

Dis-moi, donne-moi les clés.

. . . . . . .

*Buenos Aires, 22 septembre 1943.*

Avec Marcos, on forme un duo indestructible. Marcos m'a appris qu'il faut se battre pour obtenir ce qu'on veut dans la vie. Comme il ne parle pas, il doit faire deux fois plus d'efforts pour s'imposer. Et comme il est moche, il doit faire semblant que les rires des autres ne le touchent pas. Parfois, je me dis que sa peau est une carapace de tortue. Très épaisse, pour ne pas que les moqueries passent au travers.

Hier encore, un épicier a refusé de lui donner de la *hierba* parce qu'il ne lui avait pas dit merci. Il l'a fait exprès. Il sait très bien que Marcos ne parle pas.

« Dis merci, il a insisté en le provoquant, on n'est pas des animaux. »

Je le voyais, il riait d'avance. Il devait s'attendre à ce que Marcos couine, fasse ses sons à lui pour le remercier. Il était prêt à rire de lui avec sa femme, bien droit et fier.

Mais Marcos n'a pas couiné. Il a fait le tour de la caisse pour se rapprocher de l'épicier et de sa grosse moustache, il a écarquillé les yeux et a jeté sa main droite sur sa glotte. Bam ! L'épicier s'est mis à couiner, un cochon étranglé et gesticulant au bout de la main de Marcos.

Sa femme s'est mise à hurler.

Marcos serrait de plus en plus fort. Sa rage s'exprimait enfin dans sa main. J'ai dû intervenir.

« Je crois que vous vous êtes fait un bon ami, monsieur l'épicier. »

Marcos a pris conscience de ce qu'il était en train de faire et a relâché la pression. L'épicier stupéfait n'a pas bougé, et on est partis avec notre *hierba* et quelques friandises.

*Buenos Aires, 30 septembre 1943.*

Depuis lundi, Marcos a rejoint l'atelier d'un forgeron. Ça a l'air de lui plaire. Moi, j'ai commencé à étudier dans les livres. Depuis les contes de maman, j'adore les histoires, écrire des aventures ou mes pensées.

Ce journal, c'est le début de mon œuvre.

Je continue de l'écrire en français, comme ça si quelqu'un le trouve, il ne comprendra rien.

Plus tard, je serai un grand romancier. Pour faire rêver les gens, les protéger de la saleté de la vie. Je le répète tout le temps à Marcos, la vie c'est une garce, il ne faut pas se laisser faire.

Alors on travaille dur.

Heureusement, on a fait en sorte d'avoir un coup de pouce. De la part des parents de Marcos. À la veille de ses quinze ans, on s'est dit que c'était le moment de se venger. L'orphelinat allait bientôt nous dire au revoir, il nous fallait une sortie en beauté !

On a filé en douce chaque soir pendant une semaine et on a repéré les lieux, la grande bâtisse rose pâle trônant au fin fond de Buenos Aires, les heures de relais des domestiques, la chambre à coucher, les habitudes des parents de Marcos. Quand on a été prêts, on a foncé et on a réussi notre coup sans blesser personne. Même si on a l'habitude des petites magouilles, là, on avait volé des bijoux pour vingt mille pesos sans se faire choper. Un larcin qui a fait la une de la presse et a agité la bourgeoisie de la ville.

Des flics sont venus interroger Marcos à l'orphelinat, mais comme il ne parlait pas, ils n'ont pas pu en tirer grand-chose. Ils m'ont ensuite interrogé moi, mais j'avais un alibi en béton et aucune information à leur donner. Tout le monde m'avait vu partir à l'infirmerie à deux heures du matin, et Rosa elle-même a confirmé que j'y avais passé la nuit.

Du travail de pro.

Ils ont quand même fouillé nos affaires et certains coins, mais on avait tout anticipé. On n'était pas bêtes au point de planquer notre magot à l'orphelinat, sous notre matelas ou je ne sais où. Non, on l'avait planqué dans le confessionnal, là où jamais personne n'irait voir.

Dieu, je savais qu'Il allait me pardonner. Il n'était qu'amour et j'avais des excuses.

*Buenos Aires, 14 octobre 1943.*

Comme j'avais déjà quinze ans moi aussi, on a quitté l'orphelinat avec Marcos et on s'est trouvé une piaule dans le sud de la ville. Marcos travaille toujours à la forge et on est bien installés. La vie est belle, et elle l'est encore plus grâce à monsieur Martín, un voisin qui parle français. Il m'apprend des mots nouveaux. Et plus j'enrichis mon français, plus j'ai l'impression de me rapprocher de mon père.

Je ne sais pas pourquoi, je ne lui en veux pas d'être parti. C'est un fuyard mais il est fort pour la survie. Peut-être qu'un jour, je vais le croiser par hasard, dans la rue. Ce qui est sûr, c'est que je ne le chercherai jamais. Je ne suis pas masochiste – j'ai appris ce mot ce matin – c'est quand même lui qui m'a abandonné.

. . . . . . .

Tu voulais devenir écrivain, papa ? Je ne t'ai jamais vu un livre à la main, tu passais ton temps à dénigrer la culture, la jugeant inutile face à la folie meurtrière des hommes. Toi qui étais en fait amoureux des mots, que s'est-il passé pour que tu renonces ?

Je me lève d'un bond et me précipite chercher des photographies de maman et toi lorsque nous étions encore tous les trois. J'ouvre un de nos vieux albums et je te détaille : ton sourire timide, ta posture parfaite et ton regard empli de secrets. Je tourne les pages et je tombe sur cette photographie prise par maman où tu es en train d'écrire, assis à la table de la cuisine, près de la boîte à cigares. Quand a-t-elle été prise ?

Écrivais-tu dans tes carnets ? Maman savait-elle ?

Je laisse tout en plan et retourne au salon découvrir la suite de ton premier carnet.

. . . . . . .

*Buenos Aires, 24 octobre 1943.*

Aujourd'hui tout a changé. On l'a vu, là, devant nous. Perón ! Le colonel des humbles. Un grand gaillard souriant, joufflu, la cigarette au bec. Des petits yeux sur un grand nez, des dents très blanches, une tête de gentil dans un uniforme qui ne semble pas taillé pour lui.

Mais quel uniforme ! Il résume tout et, sans réfléchir, je me projette. Parfois, il suffit d'un petit rien pour que le regard des autres change. Et si j'avais un costume de militaire moi aussi ? Romancier et militaire, ça, c'est grand !

Je n'entends plus la foule rassemblée autour de Perón, je ne vois plus les passants s'agglutiner, j'entrevois une vie couronnée de médailles où on m'admirera pour mon érudition, une vie sans honte où la future mère de mes enfants sera en sécurité, une vie de gloire et de bonheur, loin de mon passé de bouseux.

Alors je rejoins Marcos, assis sur un bout de trottoir, l'air pas du tout concerné par ce qui est en train de se passer. Je lui fais part de mon idée : ce costume-là, c'est notre chance de ne plus être humiliés, d'occuper une place.

*Buenos Aires, 27 octobre 1943.*

J'ai fait le nécessaire. Le mois prochain, on entre à l'école militaire avec Marcos, à l'école navale.

. . . . . . .

Tu es passé par l'école navale avant d'être enlevé, des années plus tard, et torturé à l'Esma dans un odieux retour de boomerang? L'Esma, papa, l'École supérieure mécanique de la marine argentine, centre clandestin de détention de la dictature, des semaines de douleur sur lesquelles tu refusais de revenir. *Ma fille, il y a des souvenirs qu'il ne faut pas réveiller.*

Cette phrase ne m'a jamais consolée. À défaut de combler mon besoin de savoir, j'ai fait ce que j'ai pu, j'ai entrepris des études de sociologie, je suis devenue spécialiste de l'Amérique latine, maîtresse de conférences, j'ai cherché, et cela n'a rien donné. Cinq Ernesto Gómez enlevés, tous portés disparus. Parmi eux, toi, qui n'avais pas voulu rétablir la vérité. Tu voulais raser le passé, comme ce soir-là, dans ta cuisine, où je lisais le compte-rendu du procès d'un ex-capitaine de la marine qui dirigeait un commando spécial de l'Esma. Alfredo Ignacio Astiz, dit l'Ange de la Mort. Un sinistre personnage au physique de jeune premier qui a torturé et tué un nombre inimaginable de personnes. Vingt-cinq ans en 1976. Vingt ans de moins que toi. Sa photographie prenait un tiers de la page de gauche du journal. Un passage de l'article précisait qu'il avait maintenant la soixantaine et avait coulé de paisibles années entouré de jolies filles. Je lisais, concentrée, quand ta main a arraché le journal, l'a déchiré avec fureur et l'a jeté dans la poubelle, *ne lis pas ça!* Tu étais hors de toi et livide, tremblant de tout ton long. C'était clair, cet homme-là, c'était ton bourreau. Un de ceux qui avaient tué l'homme que tu étais. J'ai pensé, un événement et tout bascule. Un, et plus rien de ce qui a été ne pourra demeurer. Cette irréversibilité de la vie m'affole. Comment tenir debout quand tout ce qu'on a aimé, construit, tout ce en quoi on a cru, se trouve balayé d'un revers de manche ? Un revers d'horreur perpétré avec une facilité déconcertante, dans une disproportion insultante qui réduit la vie à l'état de miettes.

Comment la tragédie s'est-elle préparée ?

. . . . . . .

*Buenos Aires, 10 décembre 1943.*

On ne s'ennuie jamais ici. Pour commencer, on a appris à nager. La première fois, j'ai cru que j'allais mourir étouffé par l'eau. Puis doucement, j'ai compris comment avancer. L'eau est une caresse, elle te porte et t'accompagne dans tes déplacements. J'adore nager, et je suis un excellent crawler. Je glisse, contrairement à Marcos. Pour lui, l'apprentissage a été plus complexe. Il est plus trapu et a du mal à lâcher prise. Il s'est longtemps battu avec l'eau au lieu de la laisser faire. Mais le quartier-maître n'a pas renoncé, et aujourd'hui, si notre navire coule, on pourra revenir à la nage.

. . . . . . .

Tous les dimanches après-midi, tu continues de voir monsieur Martín. Tu dis apprendre pour ne plus jamais être un bouseux, selon toi c'est la clé de la réussite, soit on écrase soit on est écrasé. Tu n'as pas oublié les mots de ton père.

Tu retrouves monsieur Martín à l'aube, dans son animalerie de l'avenue 9 de Julio. L'endroit est à la fois fascinant et repoussant. Tu te demandes comment un homme d'un naturel élégant peut passer des journées entières dans un bazar poussiéreux qui sent l'urine. Dès que tu arrives, il déblaie avec soin l'extrémité gauche de son bureau situé dans l'arrière-boutique, systématiquement encombré d'objets qui n'ont rien à faire là. Se battent ou discutent tristement nourriture pour perroquets, brosse à dents et sous-vêtements. La première fois, tu t'es dit que les Français étaient des gens cultivés mais sales. Ton père en avait déjà été un exemple. Sous son uniforme, il sentait le chacal rôti. Ensuite, tu t'es habitué et le désordre de monsieur Martín t'amusait. C'est ainsi que chaque dimanche, tu t'es mis à deviner quel lot d'objets improbables allait t'accueillir.

En général, tu restais deux bonnes heures assis à côté de lui. Vous discutiez de tout, sauf de politique. Votre passion commune, votre luxe, c'était la littérature. Monsieur Martín t'en parlait comme d'un membre de sa famille, il te disait qu'elle était généreuse, qu'elle savait accueillir toutes sortes de récits en son sein, et que ce qu'il vénérait par-dessus tout, c'était quand la langue éclatait. Une bombe de mots qui t'explose à la figure et te propulse dans un autre monde. Tu adorais lire à cette époque-là, et grâce à monsieur Martín, tu avais découvert Flaubert et Balzac. Ils t'habitaient. Tu te voyais à la fois comme un Frédéric ou un Rastignac, un homme au destin grandiose qui, de plus en plus, sentait le monde à portée de main.

. . . . . . .

*Buenos Aires, 20 décembre 1943.*

Ce matin, on a commencé à préparer les festivités de Noël. Les copains sont exaltés. Avec Marcos, on veut juste faire plaisir à Dieu.

La fin de l'année approche et je me rends compte que cela fait sept ans que ma mère est morte et qu'elle me manque. Je me demande souvent ce qu'est devenu son corps. Je suis parti comme un lâche et je ne saurai jamais si elle a pu être enterrée dignement. Cela me rend fou.

. . . . . . .

Je sors m'aérer sur le balcon, mélancolique, traversée par les souvenirs de l'enterrement de maman. C'était la veille de Noël. Nous étions dix et nos tentatives de contacter Marta, sa copine du Balajo, avaient été vaines. Peut-être avait-elle déménagé à l'autre bout du pays, peut-être était-elle morte elle aussi ? Le mystère reste entier. Il ne faisait ni beau ni moche, un temps gris et frais, celui qui passe inaperçu à Paris, comme son décès pour les presque sept milliards d'habitants de la planète. Cette différence de perception m'effraie souvent. Un événement peut être insignifiant pour l'espèce humaine et, dans un même espace-temps, le drame d'un individu.

Le vendredi 20 décembre 1991, entre 12 heures 30 et 12 heures 40, j'ai glissé de l'autre côté de ma vie, de sa légèreté et de sa joie. Ma mère est morte et je n'ai plus fait partie du monde normal. J'avais onze ans et marcher dans la rue, regarder les oiseaux piailler sur les branches, aller au collège, toutes ces activités du quotidien a priori simples étaient devenues irréelles. Jamais je n'aurais dû enterrer ma mère suicidée, tombée sous mes yeux comme un bloc de marbre d'une overdose médicamenteuse. En pleines vacances d'hiver. En pleines fêtes de fin d'année. Le jardin de notre maison dans lequel j'avais tant joué s'était subitement transformé en zone de danger. Tu m'avais dit *appelle les secours*, et je m'étais exécutée. Ce n'était pas l'entraînement alarme incendie de l'école, je l'avais très bien compris. Puis le relais d'autorité s'était effectué comme il devait se faire. Sauf que tu avais poursuivi *les secours vont arriver, va jouer dans ta chambre*. Sans explication, après m'avoir mobilisée, tu m'avais suspendue de ma fonction temporaire d'adulte.

Tu allais savoir pourquoi
Maman était morte,
Moi non.
Tu étais dans le jardin,
Moi dans la chambre et
Nous pleurions tous les deux,
Chacun d'un côté du mur.

Dans les mois qui suivirent, je me suis rendue tous les jours sur sa tombe. Je te mentais pour y aller. Pourquoi m'avait-elle abandonnée de son plein gré alors que j'avais besoin d'elle ? Certains disent que les enfants s'adaptent à tout avec le temps. Moi non. Le caillou dans mon ventre, l'obsidienne, je l'ai depuis que maman est partie. Elle s'est envolée et a laissé à sa place une pierre qui me tranche les tripes comme un silex. J'ai essayé de lui dire, je ne t'oublierai pas, reprends ta pierre, mais elle n'a rien voulu entendre.

Des années plus tard, vers vingt-cinq ans, je me suis demandé si j'étais bien sa fille. C'était logique de mon point de vue d'enfant, quelle mère pouvait abandonner son enfant et le punir une deuxième fois en lui léguant une pierre dans le ventre ? J'ai voulu te le demander papa, je me suis convaincue de le faire, et ce jour-là, la police m'a appelée : « Carmen Gómez, vous êtes bien la fille d'Ernesto Gómez domicilié au 3 rue de Paradis, dans le xᵉ arrondissement ? Votre père a été conduit au commissariat… »

Tu avais toujours été irréprochable, qu'est-ce que tu fabriquais au commissariat en cellule de dégrisement ? Je suis venue te chercher complètement déboussolée. Les policiers m'ont fait lire le procès-verbal. Je me souviens de chaque mot : « L'interpellé a lancé une bordée d'insultes "Bande de cons, troupeau de moutons sans cervelle, je vais vous montrer que le vieux il a du répondant, même avec sa canne ! Vous voulez jouer au plus fort ? Hein ?… Il pue votre uniforme, il sent la corruption, la bêtise, bandes d'incultes ! Vous pouvez faire semblant, mais vous ne serez jamais rien ! Je vous crache dessus ! Je vous pisse à la gueule !" Après quoi, les deux policiers en service assurent avoir vu l'interpellé uriner sur la voie publique. Ce dernier n'a pas démenti, il aurait même conclu d'un laconique : "Bande de salauds". »

La lecture terminée, un policier compatissant m'a conduite jusqu'à toi, a ouvert ta cellule. Tu étais encore très alcoolisé et tu m'es tombé dans les bras en murmurant *ma petite fille que j'aime ! Tu ressembles tellement à ta mère, tu as le même sourire.* Tu venais d'endiguer tous mes doutes.

Je ferme la porte-fenêtre derrière moi.

Je retourne m'asseoir. J'ai presque fini le carnet numéro un.

. . . . . . .

*Buenos Aires, 15 janvier 1944.*

Les fêtes sont passées et c'est un soulagement. Toute cette joie en famille me met mal à l'aise. La fin d'année est une période parenthèse. J'aimerais qu'elle n'existe pas, que l'année se poursuive sans jamais passer à la suivante. Un fil continu qui ne donne pas la sensation d'une répétition.

Mais je n'écris pas pour cette raison.

J'écris car aujourd'hui la terre a tremblé à San Juan. C'est la radio qui l'a dit. On était de corvée patates avec Marcos quand l'annonce a été faite. Il m'a regardé en silence, une pelure de patate pendant dans le vide. Marcos ne vient pas de San Juan mais il sait que moi oui, et que ça doit me faire quelque chose de savoir que presque tout a été détruit. Le nombre de victimes est faramineux et notre colonel Perón, vice-président, a prévu de se rendre là-bas pour soutenir ceux qui ont tout perdu. J'ai aussitôt pensé à celui qui m'avait fait tout perdre à moi.

L'homme qui pue.

Je l'ai imaginé mort, tombé encore vivant au fond d'une fosse, d'une grande fente de terre comme la bouche de Marcos, implorant qu'on vienne le sauver. Le tremblement de terre, c'était ma mère déesse des Guaranis. Elle l'avait puni et s'était rendu justice parce que personne ne l'avait fait pour elle.

Alors ce soir, je me cache. Tout le monde partage sa peine pour nos compatriotes, mais pas moi. Je suis apaisé. Ce tremblement de terre, c'est une bonne chose en fait. Les vignobles et les oliveraies lacérés par la rage de ma mère vont être plus beaux que jamais, tout San Juan va renaître, enfanté par ma mère.

. . . . . . .

Je découvre ton quotidien en 1944 et 1945, ta souffrance tapie. Tu prends soin de ton uniforme comme un maniaque et tu t'efforces d'être un homme digne, respectable. Tu n'as pas croisé ton père, tu te dis qu'il est peut-être mort, reclus quelque part ou rentré en France. Mais dans chaque homme âgé que tu croises dans la rue, au fond, tu espères que ce soit lui. Tu prends de plus en plus goût à l'armée et à tes missions : « Je le sens, ma place est ici, parmi eux. Ils sont ma nouvelle famille. Ils me considèrent comme un fils, et un frère ».

Jusqu'à quand es-tu resté dans l'armée ?

. . . . . . .

*Buenos Aires, 2 octobre 1945.*

Plus le temps passe, plus je m'éloigne de mon rêve de départ : écrire. La politique et l'armée m'absorbent. J'ai été assigné à un poste de renseignement tout en bas de l'échelle. J'observe, j'apprends et j'écoute.

En ce moment, les colonels au pouvoir craignent la popularité de Perón. La période est instable. Perón plaît beaucoup aux ouvriers et je dois reconnaître qu'à moi aussi, il me plaît. J'aime sa prestance, la façon dont il se présente à la presse ou à la radio. Il ne faut pas longtemps pour se rendre compte que cet homme, c'est *quelqu'un*.

*Buenos Aires, 15 octobre 1945.*

Les colonels ont emprisonné Perón dans la forteresse de l'île Martín García. Je suis fou de rage. Perón est mon modèle. Il a réglementé les conditions de travail, accordé un salaire minimum aux ouvriers agricoles, rendu obligatoire le paiement du treizième mois. Il a même instauré un contrôle des prix pour rendre effectives les augmentations de salaires. C'est enfin un type bien, intègre, qui veut faire rayonner l'Argentine aux yeux du monde, montrer sa grandeur et celle de son peuple ! Les colonels ne l'ont pas digéré.

On a été défiler avec Marcos. On a retiré notre uniforme et on s'est mélangés à la foule en colère. Pas longtemps. On doit se faire discrets. On ne peut pas se désolidariser des colonels au pouvoir. On peut adorer Perón, mais en silence. Alors on écoute la radio, barricadés dans les toilettes, à tour de rôle. Les sans-chemises manifestent dans tout le pays ! Ils sont des milliers à venir des faubourgs et à marcher vers la capitale jusqu'à la Plaza de Mayo, devant la Casa Rosada.

*Buenos Aires, 18 octobre 1945.*

Les colonels n'ont pas eu d'autres alternatives : hier, ils ont libéré notre colonel Perón ! Pour Marcos et moi, c'était un jour de fête.

. . . . . . .

— 4 —

L'AUBE SE LÈVE. Je suis allongée sur mon lit, je n'ai pas dormi, j'ai dévoré le carnet numéro deux. Je viens d'assister à la naissance d'un jeune homme, toi papa, à ton entrée dans la vie et à la ruine de tes idéaux politiques. Grâce à Perón, et à cause de lui. Tu décris ton exaltation lorsque Perón est devenu président de la République en février 1946, ta fierté d'être militaire, pour lui et comme lui. Une carrière embrassée par admiration, plus que par passion. Habité par le mythe Perón, tu retranscris des passages de ses discours, convaincu qu'avec lui, les Argentins pourront enfin être indépendants, produire et consommer argentin, appartenir à une belle et grande nation argentine.

. . . . . . .

*« Frères, nous sommes en train d'écrire des pages sereines dans le livre de l'histoire argentine*
*Nous creusons le sillon, nous jetons la semence pour faire fleurir une patrie libre qui n'admet pas les marchandages de la souveraineté*

*Nous voulons seulement que notre patrie soit socialement juste et politiquement souveraine.** »

« *L'Argentine commencera une ascension qui ne s'arrêtera pas avant que la Grande Argentine dont nous rêvons tous soit devenue une réalité.*** »

. . . . . . .

Le symbole Evita, « cette femme lumineuse », « participe du rêve ». Mais elle meurt en 1952, et le rêve avec. Après sa mort, tu dis te sentir vite humilié. Trahi. Rabaissé. C'est toute ta honte d'enfant qui revient à la charge.

Tu expliques. Entre 1946 et 1949, l'Argentine est devenue une nation opulente, grasse et aveugle aussi. Perón a initié de nouvelles augmentations de salaires, fait construire des hôpitaux, des maisons de vacances et des hôtels au bord de la mer pour les ouvriers. Il a légalisé les congés payés. En 1947, il a officialisé sa doctrine du justicialisme dans un parti. La ligne était claire, et admiratif tu l'as écrite noir sur blanc : « Dans le capitalisme, l'homme est exploité par l'homme, et dans le communisme, l'homme est exploité par l'État. Dans notre nation justicialiste, rien ni personne n'exploitera l'homme. Perón l'a dit : "Ce que nous voulons, c'est supprimer totalement l'exploitation sous quelque forme que ce soit." C'est beau, prometteur. »

Mais c'était avant que le navire s'écroule.

* Extrait du discours de clôture de la campagne électorale de 1946. Cf. Georges Béarn, *La Décade péroniste*, Paris, Gallimard, 1975, p. 158.
** Allocution du 29 juillet 1946.

En 1950, le déficit du pays s'élève à plus de neuf cents millions de pesos si bien que Perón demande un prêt de cent vingt-cinq millions de dollars aux États-Unis. En 1951, il commence à mettre son nez dans les affaires de l'Église, à vouloir participer à la nomination des évêques. Et en 1954, il l'affronte ouvertement en faisant approuver des lois sur le divorce, l'ouverture de bordels et la suppression de l'enseignement religieux. L'Église s'indigne et toi aussi, puisqu'à ce moment-là, tu es fervent catholique.

Tu bascules.

. . . . . . .

L'Argentine devait être une nation indépendante ! Le justicialisme, foutaises ! De la merde pour pigeons borgnes ! J'ai la haine ! Il n'y a rien qui m'insupporte plus que la trahison. Qui sont ces politiciens véreux qui se permettent de nous prendre pour des cons, nous, les citoyens honnêtes ? On s'incline devant eux et ils nous piétinent au lieu de nous bénir.

. . . . . . .

La haine chevillée au corps, tu assistes avec « une jubilation douloureuse » à la destitution de Perón le 6 septembre 1955. Ensuite, tu suis « de loin » l'élection de Pedro Eugenio Aramburu et son abolition de la Constitution nationale. Tu « souris » quand le Parti péroniste est déclaré hors-la-loi, tu « peine(s) à enrager » quand Arturo Frondizi devient président en 1958, et à te « réjouir » quand il est destitué par un coup d'État militaire en 1962.

Les présidents s'enchaînent, ainsi que les coups d'État, et ta flamme s'éteint. Ton idéalisme de jeunesse laisse place à la morosité, à cette déception aigre que rien ne permet de consoler. Ni Marcos. Ni la femme que tu n'as pas. Ta vie, c'est l'armée et les livres, un plaisir auquel tu t'adonnes de moins en moins : « À y réfléchir, je crois que ma haine commence elle aussi à se faner. »

En 1967, tu es envoyé par l'armée à Paris pour suivre un stage de perfectionnement. Tu partages ton appréhension de partir dans le pays qui fut celui de ton père, et sur les trois semaines de formation, tu n'écris qu'une seule phrase : « Je sens que je ne suis pas là par hasard. Pourtant, cela ne m'apporte aucune joie. Tout me semble sans intérêt. »

Je ne connais que trop bien ce sentiment d'anesthésie générale. Tu entres en dépression. Tu as trente-neuf ans et tu débutes le carnet numéro trois de ton journal, « peut-être destiné à quelque chose de plus grand, ou pas ».

. . . . . . .

*Buenos Aires, 15 août 1969.*

J'ose l'écrire. C'est peut-être un exorcisme. Je suis un vieux garçon. JE SUIS UN VIEUX GARÇON !

Pas marié. Pas d'enfant.

À l'armée, ça jase. Ils pensent qu'on est l'un de ces couples sodomites avec Marcos. Je ne supporte pas ces ragots. Marcos est mon frère. Point. Alors je l'écris. Non pas pour me rassurer, mais pour dire la vérité : je ne suis pas sodomite !

JE NE SUIS PAS SODOMITE !

Je ne l'ai juste pas encore rencontrée.

Pourtant je la cherche. Je sors dans les bars, mais aucune femme ne me semble à la hauteur. Il y a toujours un détail qui me chiffonne : une nuque mal dessinée, une voix nasillarde, une pilosité abondante. Il suffit qu'un petit quelque chose ne me convienne pas, et ça bloque. Cette exigence doit être gravée dans mes gènes.

*Buenos Aires, 31 août 1969.*

Cela fait des jours que je me morfonds, que je n'arrive plus à trouver de sens à ma vie. Tout me paraît si vain. L'armée est pareille à un cirque grotesque et hypocrite. J'y reste car je n'ai pas la force d'aller ailleurs. J'y reste car j'attends une reconnaissance qui ne vient pas.

. . . . . . .

Je tourne la page, et

. . . . . . .

*Buenos Aires, 3 septembre 1969.*

Mon commandant C. Mon commandant C.
Mon commandant C. Mon commandant C.
Mon commandant C. Mon commandant C.

Mon commandant C. Mon commandant C.
Mon commandant C. Mon commandant C.
Mon commandant C. Mon commandant C.
Mon commandant C. Mon commandant C.

. . . . . . .

Puis rien. Des pages arrachées, et des blanches.

Je prends le carnet suivant, regarde la date : « 11 septembre 1974 ».

Cinq ans ! Il manque cinq longues années ! Pourquoi avoir arraché ces pages, papa ? Où sont-elles ? Je me lève du lit, sors de la chambre et reprends la boîte sur la table du salon. Je sors tout, de nouvelles photographies en tombent, des visages inconnus, je reste concentrée sur les pages disparues, mais je ne trouve rien, jusqu'à cette grande photographie pliée en quatre, coincée dans une rainure de la boîte. C'est le visage de ton père, ton commandant C., en tirage A4. Au dos, il y a un grand texte débutant par : « Pardonne-moi, je t'ai aimé comme un fils ».

La date « 2 juin 1984 ».

J'avais presque quatre ans.

. . . . . . .

Pardonne-moi, je t'ai aimé comme un fils. Tu mérites plus que quelques pages gribouillées dans mon journal. Je m'étais endormi et tu m'as réveillé.

Toi et ton bon sens.

Toi et ta bienveillance.

On s'est pourtant rencontrés dans des circonstances peu avantageuses.

Rappelle-toi. Je venais de frapper un homme qui s'était moqué de Marcos, pour le protéger. Si Marcos l'avait cogné, il serait mort sur le coup. Mais il était costaud et il a failli m'assommer. Tu es intervenu au moment où Marcos allait s'en mêler. Je ne t'avais jamais vu et tu m'as félicité. C'était bien la première fois qu'on me félicitait pour quelque chose, qu'on me disait que je pouvais être fier. Tu m'as pris la main pour m'aider à me relever.

Tu avais suivi l'altercation et estimé que j'avais eu raison de donner une bonne leçon à cet homme, en précisant qu'il faudrait que je veille, à l'avenir, à ne pas commettre ce genre d'action dans mon uniforme de capitaine. Cela faisait mauvais effet pour l'armée.

Toi aussi tu portais l'uniforme, de l'armée de terre. On a sympathisé et je suis allé dîner chez toi. Mon commandant Nicolás Cortez. Mon commandant C.

On a parlé toute la nuit de politique.

Puis on a parlé pendant plus de dix ans.

Et je t'ai tué. Pardonne-moi.

. . . . . . .

Toi, un assassin ? Je m'assois par terre au pied du canapé. Ton commandant C. était ton mentor, pas ton père ni mon grand-père biologique. J'ai besoin de réfléchir. Sur le bureau, je vois la petite clé que tu as laissée. Je la prends et me dirige vers le bureau. J'ouvre les tiroirs, je les tâte. Aucune trace de serrure. Je fouille à nouveau tous les recoins du bureau, et soudain, l'image s'impose à moi : ta boîte à cigares ! Tu ne l'ouvrais jamais et tu prétextais avoir perdu la clé. Je l'ai gardée en souvenir, elle est quelque part j'en suis sûre, mais où ? Je cherche partout dans la maison, descends à la cave, rouvre les caisses. Une, deux, trois ; et je la trouve. Une boîte en bois, sombre, avec des dorures, et une toute petite serrure. La boîte que tu m'interdisais de toucher. Je glisse la clé à l'intérieur et la boîte s'ouvre. Dedans, les fameuses pages arrachées.

Je remonte et découvre la teneur de vos discussions, des discussions qui me font froid dans le dos. Nicolás Cortez, que tu nommes ton commandant C. par affection, t'a enseigné comment être « un bon soldat », pourquoi « la gangrène se propage », Hitler, Mussolini, « les saletés de communistes », pourquoi Perón a « lâché les Argentins ». Sous l'influence de cet homme charismatique, tu deviens « un homme fier ».

. . . . . . .

**Grâce à mon commandant C., la dignité de la société argentine a de nouveau du sens. Grâce à mon commandant C., je retrouve ma place, celle d'un militaire érudit dont le devoir est de participer à la justice et à la grandeur nationale.**

. . . . . . .

Je t'imagine te pavaner comme un coq dans les rues de Buenos Aires, le dos bien droit, brandissant ta revanche. Avec ton commandant C., vous vous voyez tous les jours. Il te conduit à des soirées mondaines et des cercles VIP très prisés. Vous jouez au billard français. Il s'occupe de toi comme d'un fils, te promet une carrière brillante, de l'argent. Il suffit juste que tu lui fasses confiance. Tu prends de l'assurance : tu existes, enfin.

« Mon commandant C. ».

Il n'y a que ce nom qui revient, à chaque page arrachée. Ton commandant C., un phare au milieu d'un écœurement grandissant, ton commandant C. et des annonces, la réélection de Perón en octobre 1973, sa mort en juillet 1974, la succession de son épouse Isabel qui doit faire face aux luttes intestines à l'intérieur de son parti, ton commandant C., encore et toujours.

. . . . . . .

La situation est dure, le pays est de plus en plus victime d'actions terroristes menées par des activistes de droite comme de gauche. De la vermine. Je ne sais plus où me mettre.

Heureusement que Dieu est là. Je me rends souvent à l'église en ce moment. Un répit indispensable.

. . . . . . .

L'histoire à venir de l'Argentine, je la connais. Celle d'Isabel Perón qui, dans la nuit du 23 au 24 mars 1976, ne se retrouve pas dans sa résidence d'Olivos mais en prison, de la junte qui prend le pouvoir, contrôlée par trois commandants en chef des forces armées, le général Jorge Rafael Videla, l'amiral Emilio Eduardo Massera et le général Orlando Ramón Agosti. Tout s'est préparé au cours des années précédentes, discrètement, sournoisement.

Je m'empare du carnet numéro quatre. L'obsidienne dans mon ventre s'agite. La vérité se rapproche et je ne suis pas sûre de vouloir la connaître. J'aimerais mieux lui mettre la main devant la bouche et lui chuchoter à l'oreille, abstiens-toi, la vie restera peut-être plus douce sans toi, mais elle retire ma main et grandit, les bras tendus vers le ciel, elle se met à chanter fort, à hurler tout ce qu'elle a dû taire pendant des années. Elle se dresse devant moi, magnifique et terrifiante, dans sa robe noire des soirs de fête. L'opéra va commencer, tiens-toi prête.

. . . . . . .

*Buenos Aires, 11 septembre 1974.*

Je respire ! Enfin ! Au milieu de tout ce marasme. Je viens de la rencontrer ! L'élue ! Après toutes ces années d'errance, je suis amoureux.

De quatre lettres.

N. I. N. A.

. . . . . . .

Nina ? Mais maman s'appelait Gabi, pas Nina !

. . . . . . .

N. I. N. A.

Une femme-merveille.

Avenida de Mayo. 14 heures 35. Je vais pour rendre des livres à monsieur Martín, et je la vois, toute petite et menue dans une robe noire à pois blancs. Brune avec des boucles dans tous les sens.

Je reste pendu à son regard et à sa silhouette d'ange. Je la fixe parce que je suis déjà fou d'amour. Et parce que depuis la disparition de ma mère, je n'avais jamais retrouvé une femme belle. Un klaxon me tire de ma rêverie. Je suis immobile au milieu de la rue, en train de bloquer la circulation. « Bouge de là ! Tu dors ? Dégage ! »

De l'autre côté de l'avenue, mon Indienne se met à rire. Un rire amical et tendre. Elle n'est pas du tout indienne mais j'aime penser que ma mère m'a envoyé une princesse guaranie. Elle s'éloigne et je panique. Je ne sais pas du tout quoi faire. L'oublier ? La suivre ? Je repense au Frédéric de *L'Éducation sentimentale*, « mon cœur, comme de la poussière, se soulève derrière ses pas », et cela me paralyse encore plus. « Mais bouge, connard ! » Je m'élance, je bondis même, et je ne vois pas le vélo qui fonce sur moi en sens inverse et me percute. Je tombe, me relève et repars à toute vitesse pour ne pas la perdre. Je la suis discrètement. Je me cache comme je peux derrière les passants et les lampadaires. Le jeu dure au moins dix minutes et j'ai l'impression de redevenir un Ruvichá, chef des Guaranis. Je crois même apercevoir Garufa derrière moi. Cette rencontre a un goût d'enfance.

J'arrive près d'une école primaire et elle s'arrête. Je me planque derrière un porche et... une voix me fait sursauter ! C'est elle, un bonjour suave et ensorcelant, comme ses boucles brunes. Elle me sourit et, à cet instant précis, je sais que je l'aimerai toute ma vie.

*Buenos Aires, le 1er novembre 1974.*

Hier, je suis allé demander la main de Nina à son père, un riche notaire de la ville. Mon commandant C. m'avait préparé comme un grand sportif et Nina avait tout organisé. Je ne suis pas du genre nerveux, d'autant qu'elle avait tenu à me rassurer : son père ne lui avait jamais rien refusé. L'avenir était devant nous, radieux. Ce déjeuner devait être une formalité.

Je suis entré insouciant dans la villa fleurie, le pas assuré, et j'ai éclairci ma voix pour serrer la main de monsieur Dona, le père de Nina. Il m'attendait au milieu du patio assis dans un fauteuil, la mine renfrognée à peine masquée par la fumée âcre de son cigare. « C'est donc vous », a-t-il lancé.

J'ai tout de suite senti sa déception.

Son « c'est donc vous » mi-affirmatif mi-interrogatif venait de me la clouer sur le front.

J'ai serré les poings et je me suis remémoré les préconisations de mon commandant, son aplomb et sa fierté. Je ne me suis pas démonté. « C'est donc moi », ai-je répondu avec un grand sourire. Et je lui ai tendu la main droite. Il a grimacé et j'ai entendu ses pensées : « Épaules étroites, cannes fluettes, rien chez lui ne mérite Nina. Et cette veste froissée, pour un marin, c'est une gageure. »

Entre nous, tout venait d'être dit.

Je ne lui ai pas précisé que si j'avais osé me présenter dans un uniforme mal repassé c'est parce que j'avais prêté assistance à une femme qui avait chuté d'un trottoir, s'était cassé la cheville et attendait les secours. Son jugement était déjà rendu : j'étais un incapable. Ses petits yeux noirs pervers parlaient pour lui, « comment celui qui ne sait pas tenir un uniforme pourrait exécuter avec succès une mission, protéger femme et enfants, être un soldat, mieux, un homme ? » C'était clair, j'étais moins qu'un homme, moins qu'un animal domestique qu'on aime pour sa fidélité. Je n'étais rien. Et certainement pas digne de sa fille.

P.-S. *Quelqu'un*, ce mot me hante comme un poison. Comment devient-on quelqu'un aux yeux de tous ? Quand le statut de bouseux va-t-il me foutre la paix ?

*Buenos Aires, 9 novembre 1974.*

Nina me manque. Huit jours sans elle et ma vie n'a plus aucun sens.

Je passe des journées ennuyeuses à taper des rapports. J'ai besoin d'action et, même si cela ne devrait plus tarder à arriver, cet état de passivité m'est insupportable.

Le soir, avec Marcos, on boit. Il veut me remonter le moral. Mais la descente est pire, et hier, je suis allé frapper à la porte de chez mon commandant C. Il m'a ouvert, à trois heures du matin. Sans me juger. Il a fait signe à sa femme de retourner se coucher, il m'a écouté puis conseillé jusqu'au petit matin, convaincu que j'allais épouser Nina.

« Tu ne dois rien lâcher. La victoire sourit aux hommes déterminés. »

Voilà ce qu'il m'a répété plusieurs fois.

À mon tour, je l'écris, pour me le graver dans la tête.

Tu ne dois rien lâcher. La victoire sourit aux hommes déterminés.

Tu ne dois rien lâcher. La victoire sourit aux hommes déterminés.

Tu ne dois rien lâcher. La victoire sourit aux hommes déterminés.

Si mon commandant C. y croit, pourquoi pas moi ?

*Buenos Aires, 12 décembre 1974.*

L'occasion d'épouser Nina est à portée de main. C'est aujourd'hui que tout va se jouer : la réussite ou la défaite.

Monsieur Dona donne une immense réception dans sa villa fleurie pour mettre toutes les chances de son côté dans sa course pour devenir membre du conseil municipal de Buenos Aires. Il sera en représentation, sa parole sera sacrée. À moi de triompher.

Tout s'est passé comme prévu.

Quand je suis arrivé, le patio et le jardin étaient noirs de monde, toute la bourgeoisie locale rivalisait d'élégance, exhibant costumes, robes et bijoux hors de prix.

Je l'ai vite repéré dans son trois-pièces parfaitement taillé et repassé. Il trônait au milieu d'un groupe d'hommes aussi suffisants que lui. Il m'a vu, du coin de l'œil, et n'a pas bougé. Il a vu son ennemi et a fait comme si de rien n'était. Alors je l'ai entendu dans ma tête, me dénigrer à nouveau : « Ce *boludo* transpire l'échec, il n'a pas la carrure, on dirait une brindille qui va se casser au premier coup de vent. » J'ai manqué de flancher, mon pas s'est ralenti, puis je me suis remémoré mon commandant C., monsieur Martín, et les mots de Flaubert : « Il ne faut jamais penser au bonheur, cela attire le diable, car c'est lui qui a inventé cette idée-là pour faire enrager le genre humain. » Je ne l'aurais pas mieux dit moi-même ! Et maintenant, j'étais un enragé.

J'ai essuyé mon front et j'ai continué d'avancer. Mon pas a retrouvé sa cadence de capitaine. Monsieur Dona et ses partenaires de discussion se sont tournés vers moi. Ils riaient. J'ai dégluti discrètement, le cœur broyé et je lui ai posé ma main pataude de *boludo* sur l'épaule en l'apostrophant avec une aisance surjouée : « Messieurs, notre hôte vous a-t-il informé qu'il avait accepté de me donner la main de sa fille ? Merci, beau-papa. Et à la vôtre. »

L'espace d'une seconde, il a eu cet air offusqué de celui qui vient d'être pris au piège. J'ai ri à mon tour, intérieurement, aussi outrageusement que le gros quand j'étais petit. Puis j'ai adressé un élégant bonsoir en français aux comparses gênés.

Je venais de l'écraser. Je venais de récupérer Nina.

Quand le dernier invité a été parti, il m'a convoqué dans son bureau. Il a hurlé comme un porc. J'étais un moins que rien qui l'avait ridiculisé et à cause de moi, sa fille allait être malheureuse, parce que oui, il était coincé maintenant. Un homme ne jurant que par sa parole ne peut pas se dédire, mais que je ne me méprenne pas, je n'étais pas digne d'elle et ne le serais jamais ! Elle était destinée à un homme de son rang, pas à un campagnard fauché. Il a déblatéré tout un tas d'insanités et je l'ai écouté. Assis, calme, souriant.

Mon commandant C. avait raison. La victoire sourit aux hommes déterminés.

. . . . . . .

Tu l'as épousée et vous semblez heureux. C'est peut-être ce secret qui a tué maman, savoir que tu avais été marié avant elle, que tu en avais aimé une autre, et que peut-être tu l'aimais toujours. Gabi, une Nina de substitution, un amour par défaut. Maman n'a pas pu le supporter. Elle avait besoin d'exclusivité, non d'être la deuxième.

Je tourne les pages et ton écriture devient plus nerveuse. Les lettres sont bâclées, pointues, impatientes.

. . . . . . .

*Buenos Aires, 2 février 1975.*

J'ai la haine ! Les hommes sont des charognards, des vicieux à exterminer ! Je me retiens de ne pas tout casser ! J'étais à la maison, je gardais Elsa, une élève de Nina que sa mère avait déposée à cause d'une urgence. Nina était sortie faire des courses. Elsa dessinait une tulipe jaune sur une grande feuille blanche, trop blanche pour être enchantée par le dessin. Elle s'appliquait, fière d'elle, et alors qu'elle peaufinait la rainure d'une des feuilles de sa tige de tulipe, la porte de chez nous s'est ouverte.

Un tableau terrifiant.

Nina, une boucle d'oreille en moins, l'air défait, se tenait debout, raide, figée sur le pas de la porte. Elle a soupiré, comme un robot désarticulé : « Raccompagne Elsa. »

Sans broncher, je me suis dépêché d'aller déposer Elsa à la boutique de son père avant de rentrer. La violence était de retour : une violence contre laquelle je ne pouvais rien, que j'avais découverte trop tôt, et qui était revenue frapper la femme que j'aime.

Nina terminait ses courses quand une explosion avait retenti plus haut dans la rue, la laissant sonnée par le souffle, les cris, et les gens qui couraient dans tous les sens. Elle ne pouvait plus bouger et une main s'était posée sur son cou. Une grosse main d'homme qui serrait fort. L'homme l'avait obligée à le suivre dans une ruelle adjacente. La suite est simple à imaginer.

Quand tout a été fini, l'homme est parti. Nina est restée immobile, allongée par terre, en état de choc. Elle m'a tout raconté. Quand elle s'est tue, j'ai regardé à travers la vitre des oiseaux s'envoler. J'ai basculé mon regard sur mes mains et j'ai vu qu'elles tremblaient.

C'est de ma faute.

Tout est de ma faute.

. . . . . . .

Tu as ensuite consigné tes cauchemars. Tu vois cet homme, son grain de beauté sur l'oreille décrit par Nina, tu entends son timbre éraillé, et le matin au réveil, il est toujours là. Il vit avec vous, il s'est immiscé dans votre quotidien, vos habitudes, votre complicité, tant et si bien que tu te rends à l'évidence : quand tu serres le corps de Nina dans tes bras, c'est celui d'une autre femme que tu tiens. L'alchimie de vos lèvres s'est évanouie. La douceur mélodieuse de sa voix s'est éteinte.

Les semaines suivantes, tu profites des moyens à ta disposition pour retrouver cet homme. Chaque jour, tu ne penses qu'à cela : te venger. Tu es obsédé par cette quête et meurtri. Tout profil suspect, c'est-à-dire communiste, fait automatiquement l'objet d'une enquête approfondie au nom de la sécurité nationale – en creux, au nom de Nina.

Tu as abandonné Perón, mais pas ton anticommunisme. Tu en es convaincu, « la masse ouvrière n'est pas intéressée aux systèmes d'économie marxiste », au contraire, « ceux-ci pervertissent notre grande nation argentine et la conduiront à sa perte ». Mais en dépit de tes efforts, de « ton application méticuleuse », l'agresseur de Nina t'échappe. Cela te ronge. Tu dors de moins en moins, ressors après dîner. Tu t'en vas retrouver ton commandant C., presque chaque nuit, dès que Nina dort dans une maison fermée à triple tour. Tu écris « avoir un besoin insatiable de parler, sans fin, jusqu'à l'épuisement ». Tu veux « en finir avec Isabel Perón / Purger la société / Ramener la paix / C'est à l'armée qu'il incombe de protéger le pays de ses ennemis intérieurs, pas vrai ? Les communistes nous divisent, qu'est-ce qu'on attend pour redoubler d'efficacité, pour frapper plus fort ? ».

Ton flot ne tarit pas, il file sur des pages entières. Ton commandant C. est ravi de ton engouement. Soir après soir, tous les deux reclus dans son cabinet de travail, il est fier de son élève. Il en rajoute même : « Il faut purifier la nation et protéger nos enfants de tous les subversifs qui nous rabaissent aux yeux du monde. » Je lis vos échanges, scrupuleusement, les dates en tête, et ma gorge s'assèche. Les pages suivantes s'imposent d'elles-mêmes. Bien centré au milieu de deux pages de journal :

. . . . . . .

Notre junte va remettre de l'ordre, pour de bon.
Le processus de réorganisation nationale est enclenché.

. . . . . . .

« Le processus de réorganisation nationale », la formule officielle pour évoquer l'avènement de la dictature. Mon cerveau arrête de penser, il survole les mots sans réussir à les intégrer, il se persuade, ces mots ne peuvent pas être les tiens, je vérifie les dates, cherche l'erreur, l'absence de logique, mais tout est parfaitement huilé. Une mécanique implacable.

. . . . . . .

*Buenos Aires, 27 mars 1976.*

Un Acte a été promulgué et je m'en réjouis. Nous allons rétablir les valeurs essentielles de l'État, celles de la morale chrétienne, et nous allons redonner à la nation une image digne d'elle. Il n'y a pas de compromis possible pour mener à bien cette mission. Ensemble, nous allons éradiquer la subversion et promouvoir le développement économique du pays. Et plus tard, si nous y parvenons, nous pourrons instaurer une démocratie républicaine.

C'est un programme honorable ! Je suis fier de nous.

Ce soir, on a dîné avec mon commandant C. et sa femme pour fêter notre prise de pouvoir. C'était une belle soirée. Nina va mieux. Notre vie reprend ses couleurs d'origine.

. . . . . . .

Je traverse un immense tunnel. Résonnent à mes oreilles les paroles de ton mentor, « purifier la nation, protéger les enfants, vivre décemment », auxquelles se mêlent les tiennes, papa, « la jalousie et l'envie minent tous les rapports humains. Il faut promouvoir les hommes de bien pour tuer le marxisme. Redresser le pays. Mon commandant C. a relevé la tête et m'a souri. J'avais enfin compris ».

Au cours du mois d'avril, ton commandant C. te montre un extrait de la conférence de presse de Videla dans *La Nación*. « De bien belles paroles ». Tu as conservé l'article et son vocabulaire abscons :

*« La subversion n'est pas un phénomène qui nécessite seulement une action militaire, c'est un phénomène global qui requiert aussi une stratégie globale de lutte dans tous les domaines de la politique, de l'économie, de la culture et de l'armée.* »*

* Extrait de *La Nación* du 14 avril 1976, cité par Franck Lafage, *L'Argentine des dictatures 1930-1983*, Paris, L'Harmattan, 1991, p. 115.

Je suis au milieu du vide sur un câble qui ne va pas tarder à se rompre. Je ferme le carnet ; peut-être qu'il y a des secrets qui doivent le rester, peut-être que toutes les vérités ne sont pas bonnes à connaître ? Le mensonge protège là où la vérité foudroie, pourquoi faudrait-il toujours que la vérité triomphe ? Je bois, fais les cent pas, passe l'aspirateur avec acharnement. Je mets de la musique. Très fort. Du hard rock. Je danse à en perdre la tête, m'agite, fais monter les battements de mon cœur, je veux oublier, m'égarer, m'envoler ; j'évacue la détresse, et tombe.

Il est trop tard pour ne pas aller plus loin.

. . . . . . .

*Buenos Aires, 28 mars 1976.*

Aujourd'hui, c'était un grand jour. C'était ma première fois. J'étais à la fois excité et impatient.

J'avais pris soin de me préparer comme il faut. Une bonne journée s'évalue aux petits détails. Rasé de près, costume bien repassé, toilette impeccable, je n'ai rien laissé au hasard. Quand j'ai été prêt, Nina m'a embrassé sur le coin de la lèvre, comme elle a l'habitude de le faire. Elle m'a accompagné le long du patio de notre nouvelle maison et m'a laissé son doux parfum de musc aux creux des narines.

La journée s'annonçait bien.

Dans le bus qui me conduisait à l'Esma, j'ai senti mon cœur palpiter de joie. Je regardais le paysage défiler, une suite d'images indomptables. J'étais tellement impatient que je n'arrivais pas à me concentrer : je ne voulais pas rater ma rentrée.

Je pilote à présent un groupe d'intervention auquel appartient Marcos. Je dois être irréprochable.

Sur place, j'ai rejoint une salle au sous-sol et l'odeur de musc a tout de suite disparu. Cela puait l'humidité et les relents d'égouts. Deux rats jouaient ensemble. Il faisait froid, j'ai attendu patiemment.

Après tout, j'avais de la chance d'être ici, c'était une promotion.

Des bruits de pas n'ont pas tardé à résonner dans les couloirs. Marcos est entré et a balancé un détenu sur une chaise en bois. C'était un corps humain avec une cagoule sale sur la tête, comme si on l'avait roulée dans la terre. J'ai regardé les pieds du prisonnier et j'ai compris qu'il était jeune. Un adolescent. Pas un poil sur les orteils. C'est rare, pas un poil sur les orteils.

J'ai tendu les bras pour rester alerte. Marcos a retiré la cagoule du prisonnier et j'ai découvert son visage. Un visage d'ange. Seize ans, pas plus, le nez droit, des cheveux bruns et des yeux noisette. Il m'a lancé un sourire, comme Miguel à San Juan. Je l'ai reconnu tout de suite ce sourire. C'était celui du démon, il était rouge.

J'ai cessé de rêvasser et me suis concentré sur les faits. Il avait été arrêté en plein meeting terroriste chez ses parents. On avait retrouvé des fusils et des affiches. Il avait sûrement des liens avec d'autres cellules terroristes. Et mon rôle était de le faire parler.

Ma première fois commençait.

J'ai donné deux tapes amicales sur son épaule et j'ai fait un signe à Marcos avec mon index. Je n'avais jamais remarqué combien il avait grandi depuis l'orphelinat. Il était devenu un colosse de deux mètres, mutique et efficace.

J'adore lever mon index droit et le balancer d'un coup sec sur la droite, ça veut dire vas-y. Deux coups secs vers la gauche, ça veut dire stop. Marcos et moi, on a toujours eu un sixième sens pour communiquer. On pourrait se comprendre rien qu'avec les yeux. Mais à l'armée, je dois utiliser l'index pour que Raul et Pablo puissent suivre. Le code doit être commun à tous sinon on se perd.

Pablo est jeune. Taille moyenne, yeux marron, avec des mains qui s'expriment à sa place et font, à ce qu'il paraît, des merveilles sur les armes à feu. Raul, encore plus jeune, est un nerveux. Je l'ai vu tout de suite. Dix-sept ans, faussement courageux, le genre à attendre que chacun ait mis son grain de sel avant de conclure par une synthèse explosive.

J'ai bougé mon index d'un coup sec sur la droite. Marcos, Raul et Pablo, chauds bouillants, se sont approchés du détenu. Ils l'ont encerclé et ont commencé à le bastonner.

Je suis sorti, le temps qu'ils le préparent. C'était ce qu'on avait convenu.

Quand les coups ont cessé de pleuvoir, je suis entré. J'ai été surpris de voir que le visage d'ange du jeune avait disparu. À la place, il n'y avait qu'un homme en sang, un sous-homme sans mérite qui pleurnichait.

On n'avait pas débuté l'interrogatoire qu'il était déjà laminé.

Mais j'ai quand même repris le flambeau. Je lui ai parlé. Ma technique : la dédramatisation.

Je lui ai raconté comment mes confessions à Dieu m'avaient rendu plus fort, et combien il serait dommage que ses parents souffrent à cause de lui. Parce qu'ils ont été arrêtés ses parents, par sa faute, et qu'il n'y a rien de pire que la culpabilité qu'on éprouve envers ses parents. N'ai-je pas raison ? Je suis bien placé pour le savoir, la culpabilité m'aime comme une mère, et on ne s'en défait jamais.

Il a grimacé, l'air saoûlé par mon flot de paroles. J'ai continué, tel un maître avec son élève, distant et patient : « Tu sais, je ne suis pas un idéaliste. Dans la vraie vie, les zones grises n'existent pas. » Je lui ai tendu un papier et un stylo : « C'est la meilleure chose à faire. Les noms que tu écriras sur ce papier te délivreront. Tu n'as pas besoin de souffrir. »

Il m'a fixé, muet. Il n'a pas pris le stylo et n'a pas écrit de nom. Je me suis assis en face de lui, à quelques centimètres de son visage tuméfié, poursuivant : « Les subversifs ne danseront pas devant la Casa Rosada. L'Argentine ne deviendra pas un pays indigne. Nous vous mettrons des balles dans la tête, les uns après les autres s'il le faut. » J'ai parlé pendant vingt minutes au moins, et à la fin, il m'a donné les noms.

Raul était fou de joie. Il lui a envoyé une dernière droite pour le remercier. Je l'ai repris aussitôt de deux petits coups d'index vers la gauche : pas de démonstration de violence devant moi.

. . . . . . .

C'est ce qui s'est passé ? Vraiment ? Dis-moi que c'est faux ! Tu n'as pas pu ; rester dans l'armée, torturer, tuer. Pourquoi avoir gardé ces photos ? Témoigner ? Toi et cet homme-là ; toi, père, bourreau ?

Je sors sur le balcon allumer une cigarette. La fumée s'infiltre dans ma gorge et me fait l'effet d'un couteau à cran d'arrêt. Pourquoi, papa ? Sur ton visage pudique et autoritaire, je vois maintenant celui du tortionnaire qui ordonne et consent. Tes pupilles ne sont plus celles du père aimant, elles sont envahies par la lumière de la mort ! Elles sont vives et affamées, prêtes à jouer avec la vie pour mieux maîtriser la mort. Cesse de sourire ! Il faut que je me calme. Je fixe l'espace, je visualise les particules d'air. C'était mon jeu, enfant, pour reprendre possession de moi-même. Si j'arrivais à voir le vide de l'air, alors je m'en sortirais. Je me concentre, mais ton visage m'en empêche, il apparaît, les couches de peau tombent, les unes après les autres, ton vrai toi se dévoile, hideux et humain à la fois. Comment ai-je fait pour ne pas comprendre ? La honte m'envahit, un liquide puant qu'on a versé de force dans ma bouche à l'aide d'un entonnoir. J'étouffe. Je suis une fille de bourreau, une putain de fille de bourreau ! Vlan ! Mon poing brise la vitre de la fenêtre du salon.

Je saigne.
Pleure. Saigne.
Je ne peux pas croire ce qui m'arrive.

. . . . . . .

*Buenos Aires, 5 avril 1976.*

L'agression de Nina est loin derrière nous maintenant. On rit de nouveau, et on fait l'amour. Avant ma journée de travail, après, parfois même pendant. Redresser ceux qui en ont besoin me donne de la vitalité. Il ne reste plus que je puisse aller aux soirées poker organisées par l'amiral Ortiz, un homme impressionnant et proche de Videla (même mon commandant C. l'admire, c'est dire), et le rêve sera total. Celui qui va chez Ortiz ne manque plus jamais de rien. Celui qui va chez Ortiz est un homme important.

ORTIZ. Mon nouveau défi.

Les militaires invités sont triés sur le volet, ce n'est pas facile d'y être invité. Il faut avoir assuré. C'est ce que j'ai expliqué à Nina qui m'a répondu qu'elle n'avait aucun doute. Je suis intelligent, cet Ortiz finira par s'en rendre compte.

J'espère.

Je suis peut-être intelligent mais je suis loin d'être chanceux. Mon commandant C. y est déjà allé plusieurs fois. Il doit m'introduire. En attendant, je l'écris dans ce journal, je me le promets : j'irai à ces soirées. Et si je dois redoubler de ferveur et d'efficacité pour en être, soit. Je ferai mieux qu'Astiz.

. . . . . . .

Astiz n'était pas ton geôlier, c'était ton putain de collègue ! Qu'est-ce que tu m'as laissé entre les mains ?

. . . . . . .

*Buenos Aires, 15 avril 1976.*

On m'a livré une femme cette nuit. Livraison directe du lieutenant Ortiz. Une femme. Française. Je n'avais pas le droit à l'erreur.

Mais derrière cette inconnue, c'était Nina que j'imaginais. Cette femme était certainement la Nina de quelqu'un d'autre, et peut-être la mère d'un enfant de huit ans. J'étais coincé. Torturer un homme, c'est une chose. Torturer une femme, c'en est une autre.

J'en ai bavé avec cette Française. Même en me focalisant sur l'objectif: servir l'Argentine et gagner mon entrée chez Ortiz. Même en me disant que je devais exécuter les ordres. Ce n'est pas si facile de transformer les gens en objets, encore plus les femmes.

Celle-ci, la hiérarchie me l'avait envoyée parce que je suis le plus haut gradé à parler français. Ortiz a pensé que je pourrais créer un lien et lui soutirer des informations sans difficulté: le lieu de l'imprimerie, les noms de ses partenaires. On me l'a livrée à 23 heures. Dans l'obscurité, on a entendu le vrombissement d'un moteur. On s'est regardés avec Marcos. Raul et Pablo ont écarquillé les yeux pour essayer de repérer le mystérieux convoi. On a attendu encore quelques minutes, suspendus à la nuit. Puis une camionnette grise a surgi pour venir s'arrêter devant nous.

Marcos a ouvert les portes arrière et je l'ai vue: un petit bout de femme tout maigre, cagoulée, les mains attachées dans le dos. Autour d'elle, une forte odeur de crasse. Marcos l'a sortie, a refermé les portes et la camionnette est repartie.

Marcos et Pablo l'ont conduite à l'intérieur, dans notre salle fétiche. Ils l'ont déshabillée puis attrapée par les cheveux pour l'installer sur la *picana*, la planche où on allonge les prisonniers, pieds et mains liés, pour commencer l'interrogatoire. Des pinces reliées à un appareil électrique sont systématiquement placées à des endroits stratégiques pour envoyer des décharges de 220 volts.

Avant de brancher les pinces, Raul et Pablo m'ont demandé s'ils pouvaient s'amuser.

J'ai compris tout de suite. Un filet de sueur glacée a coulé dans mon dos : mon corps me disait de refuser, pour ma mère, pour Nina, mais s'amuser fait partie des codes de l'armée en guerre, les hommes ont besoin de légèreté, surtout quand ils ont vingt ans. Sans compter que plus on détruit les subversifs, plus ils parlent. Alors j'ai agité mon index, un petit coup sec sur la droite, et je suis sorti.

Je n'avais pas fermé la porte que je les ai entendus se ruer sur elle. Des bêtes affamées. Je me suis envolé dans ma tête. J'ai joué la cinquième symphonie de Beethoven en essayant de me convaincre que la distraction collective allait souder mon groupe, qu'ils seraient encore plus performants après. Beethoven jouait, fort, mais j'entendais. Les rires, les gémissements, Pablo passer après Marcos, croire que c'est fini, et décider de recommencer avec une matraque, deux fois, de chaque côté, pour explorer l'anatomie humaine. Je ne sais pas combien de temps cela a duré. Beethoven exultait sa musique, mes soldats leur jeunesse. C'était insupportable. Des flashs de l'agression de Nina me revenaient, le grain de beauté de l'agresseur, ma mère, l'homme qui pue.

Marcos a perdu sa virginité cette nuit-là, tout comme la Française.

Raul est venu me chercher. La Française ne bougeait plus : elle geignait. Elle avait été salement abîmée. Du sang rayonnait tout autour d'elle. Je me suis retenu pour ne pas ciller et j'ai placé une couverture sur son corps meurtri. Puis je lui ai parlé, en français. Elle a sursauté et m'a regardé horrifiée. Je pense que c'est mon absence d'accent qui l'a le plus perturbée. Et cela m'a donné une idée.

Je lui ai dit que j'étais un agent des services secrets français et que personne ne viendrait l'aider ici. Le mieux était qu'elle donne le lieu de l'imprimerie et le nom de ses partenaires si elle voulait s'en tirer.

Elle est restée silencieuse. Je crois qu'elle était partie dans un coin de sa tête elle aussi. Je lui ai tendu un verre d'eau et j'ai été droit au but : « Si tu ne veux pas que cela recommence tous les jours, je te conseille de parler. »

Elle s'est évanouie. J'ai dû faire venir le médecin pour la ranimer. J'espère qu'elle va se remettre sur pied et me parler.

*Buenos Aires, 18 avril 1976.*

Le médecin a fait un beau boulot ! J'ai pu retourner voir la Française ce matin. Elle m'a tout dit. Je suis fier de mon travail.

Marcos l'a officiellement raccompagnée chez elle : il lui a tiré une balle dans la tête. Son corps sera jeté dans le Río de la Plata comme les autres.

Elle nous aura bien aidés. Rachel Duhesme. Je note son nom parce que c'est la première. Je lui dois cette reconnaissance. Grâce à elle, je vais m'endurcir.

*Buenos Aires, 9 mai 1976.*

Depuis quelque temps, mon corps est en feu et j'ai peur qu'Añá soit revenu. Je suis allé à l'église. L'odeur de l'encens m'a réconforté et j'ai prié de tout mon cœur pour avoir un signe de Lui.

J'ai aperçu le prêtre et il m'a reçu en confession. Je ne sais pas s'il a accepté parce que mon uniforme lui a fait peur ou parce qu'il a sincèrement voulu m'aider. Je me suis agenouillé et j'ai tout exposé, les séquestrations, les opposants soumis aux longues périodes de claustration et de prostration, les yeux bandés, les têtes encagoulées, les pieds et poings attachés, la *picana*, les hommes nus menottés aux lits métalliques, les viols, la technique du sous-marin sec et humide, asphyxie et noyade, j'ai joué cartes sur table. Il ne peut pas me dénoncer sous peine de violer le secret de la confession ou de se prendre une balle dans la tête. Moi, je devais savoir : est-ce que j'étais sur le bon chemin ? Est-ce que je faisais ce qu'il fallait ?

Il m'a écouté puis il a laissé planer un long silence. Il s'est éclairci la voix et m'a dit, sur un ton très serein :

— Mon fils, le caractère exceptionnel d'une situation politique justifie parfois le recours à de vils procédés. Connais-tu l'aumônier Marcial Castro Castillo ?

— Non, mon père.

— L'aumônier est en train d'écrire un livre, pour vous, pour vous aider dans votre dure mission. Je sais, d'après lui, que si vous pouvez répondre par oui aux trois questions que je vais te donner, alors tu agis, mon fils, pour le bien de l'Argentine et Dieu t'en sera reconnaissant.

Un : est-ce que la menace contre le bien commun est si grave ?

Deux : ne puis-je pas protéger le bien commun d'une autre manière licite ?

Trois : est-ce réellement indispensable que je fasse cela ?

Trois oui pour une bonne action.

Mais à peine le prêtre a-t-il eu fini d'énoncer ces trois questions que j'ai entendu une femme appeler au secours.

Je suis sorti du confessionnal et je l'ai vue, affolée, courir au loin. Je l'ai suivie et arrivé dehors, je me suis retrouvé d'un coup plongé dans le noir. Quelqu'un venait de me mettre une cagoule sur la tête. De me jeter au sol. De me rouer de coups.

Au vu du nombre de pieds et de mains, je dirais qu'ils étaient tout un groupe. Coups de pied, matraques, insultes. « Facho, vive la démocratie, mort aux militaires ! » J'ai entendu la voix de la femme. Elle jubilait. Piégé comme un bleu. Je venais de me faire piéger comme un bouseux.

Alors j'ai pensé à ma mère, à Dieu, aux trois questions de l'aumônier. Il était là, le signe que je cherchais. Il fallait que je me sorte de là et que je cesse définitivement ma sensiblerie envers les femmes. Elles savent, pour certaines, être de la vermine comme les hommes.

Je me suis tortillé et j'ai réussi à attraper mon arme, celle qui est cachée au niveau de ma cheville. J'ai tiré trois coups en l'air et mes agresseurs sont partis en courant. J'ai retiré ma cagoule, la rue était déserte. Je me suis regardé dans le rétroviseur d'une voiture. Je venais d'être sacrément amoché.

Mais j'étais réconforté. Dieu m'avait donné raison.

. . . . . . .

Je lis, lis, lis et cours vomir mes tripes aux toilettes. Viols, décharges électriques, viols, rires, crachats, viols et passages à tabac. Les images flottent dans ma tête, des corps morts, sauf le tien, je te vois relever la tête, satisfait d'avoir réussi à transgresser l'interdit et d'y avoir pris du plaisir. J'ai chaud et j'étouffe, un lacet invisible m'étrangle. Je refuse d'admettre ce que je viens de lire. Et si ce n'était pas toi ?

La peur caresse ma peau avec des verges. Non, évidemment que c'est toi. Tu as eu besoin d'expier tes fautes et de les cacher tout à la fois. Dans un box ! Tu ne pensais pas mourir, qu'on remonterait jusqu'à moi, que je trouverais la boîte et tes pages arrachées ! Il y a tellement de Gómez dans Paris. Mais c'est moi que Presto-Secure a appelée et qui découvre ton vrai visage ! Et si ça se trouve, tu ne t'appelles même pas Gómez. Même pas Ernesto ! Je sors des toilettes, dans un état irréel, je casse tout ce qu'il y a autour de moi. La table, les verres, les assiettes. Je bois d'une traite ce qui me tombe sous la main, ce qui est fort, je me cogne la tête contre le mur, une fois, deux fois, trois fois, je ne m'arrête pas, il y a du rouge sur le mur, une grosse tache rouge comme tu as dû en voir des centaines, et là, seulement là, je respire à nouveau.

Tu écris ensuite que « la vermine est de la vermine, quel que soit son sexe », que votre lutte « se situe par-delà le Bien et le Mal et ne peut reconnaître aucune limite, ni morale ni naturelle ». Et tu ajoutes qu'à chaque nouvel interrogatoire, tu te répètes les putains de questions de l'aumônier, et que le soir, tu rentres tel un travailleur lambda te mettre les pieds sous la table savourer les bons mets préparés par Nina pendant la journée. Nina qui ne dit rien, ne demande rien, ne voit rien.

Je veux savoir ce qui s'est passé après. Qu'est-il arrivé à Nina, ta Nina chérie et si aveugle ? T'a-t-elle quitté ? A-t-elle fini par comprendre ? Ou est-elle morte ?

Je poursuis ma lecture. Les années 1976 et 1977 se déroulent à l'identique.

. . . . . . .

La violence est devenue notre quotidien, une monotonie ni triste ni joyeuse. Elle est là, épouse nos pas et nous renvoie chez nous le soir, avec la hâte de retrouver un foyer chaleureux et aimant, plein de cette vie que nous avons tuée durant la journée.

. . . . . . .

Tu gères plusieurs interrogatoires par jour, tu ordonnes à tes hommes de pisser sur les détenus numérotés et enchaînés, de violer, hommes et femmes, et le soir, Nina te lit les bonnes rédactions de ses élèves, vous vous rendez à l'Opéra, vous faites l'amour dans un lit confortable. L'Esma est une usine performante.

L'eau froide me fouette le corps. Assise en tailleur dans le bac à douche, prostrée, je m'interroge : comment les gens réussissent-ils à cautionner l'enfer ; par ignorance, désintérêt, peur de mourir, illusion de liberté ? Par conviction idéologique ? Non, ceux-là sont une minorité. Toi – une minorité. C'est le confort du plus grand nombre qui permet à l'horreur de s'ériger en système, il est tellement plus confortable d'obéir plutôt que de prendre position, tellement plus confortable de ne rien dire pour ne pas se sentir concerné, de se transformer en automate pour continuer de vivre en se croyant libre. C'est rassurant, l'autorité. Et l'homme sait si bien s'accommoder des faits pour situer sa conscience du bon côté. Mais ; torturer, violer, tuer ? Torturer, torturer, torturer. Elle est là, cette vérité effrayante qui résiste à ma compréhension. Comment autant d'individus ont-ils pu? Pour se sentir exister, moins misérables, survivants dans une vie faite d'incertitude et d'angoisse? Comment l'homme peut-il oublier à ce point son humanité? Comment as-tu pu l'oublier, toi, après tout ce que tu as traversé?

J'enfile le premier pantalon qui me vient et m'empare de la dernière bouteille d'alcool qui reste dans les placards. Du whisky.

. . . . . . .

*Buenos Aires, 20 mai 1977.*

Dans les couloirs, j'ai été surpris d'entendre que les détenus nous avaient donné des surnoms. Marcos, c'est « La Machine ». Et moi, « La Matraque ». Logique.

Marcos, colosse d'un mètre quatre-vingt-dix pour quatre-vingt-dix kilos, privé de parole, a appris depuis longtemps à être une Machine à coups pour se protéger. Depuis son adolescence, il se muscle pour coller à l'image qu'il rêve de lui-même. Il contrebalance, à chacun sa manière d'exprimer sa virilité. Je ne juge pas. Je lui avais dit, à l'orphelinat, comme une remarque, tu contrebalances. Et il m'avait envoyé son poing dans la figure, vexé que j'aie vu si juste. C'est la seule et unique fois où il a retourné sa violence contre moi, pour se punir ensuite pendant une semaine. Tous les soirs, il s'était frappé en se promettant de ne plus jamais me faire de mal, à moi, son frère. De mon côté, j'avais retenu que plus les hommes étaient charpentés, plus ils se sentaient petits à l'intérieur.

J'ai travaillé ma silhouette, grande et sèche. Une Matraque. Bien vu.

. . . . . . .

Mon cerveau ne peut plus s'arrêter de penser, de vouloir comprendre l'incompréhensible. Comment continuer à t'aimer sinon ?

C'est ça.

Comment puis-je encore t'aimer ?

. . . . . . .

*Buenos Aires, 23 juin 1977.*

324 me résiste. Cela fait deux semaines qu'on l'interroge et il ne veut rien lâcher. Rien d'étonnant. C'est un puriste. Pour jouer comme il joue, il faut en être un. C'est un pianiste réputé pour ses interprétations de Beethoven. On suppose qu'il a utilisé son réseau et sa popularité pour faire circuler des tracts à l'étranger.

Je dois tout savoir : ses magouilles, les membres de son réseau.

*Buenos Aires, 24 juin 1977.*

En arrivant ce matin, j'ai pensé qu'on pouvait encore se laisser deux-trois jours avant de passer à l'étape supérieure avec 324. Mais à 12 h 10, mon commandant C. est passé. Il m'a pris à part et m'a bien fait comprendre : « C'est ton ticket d'entrée chez Ortiz. »

Je suis à deux doigts d'être invité aux soirées poker. Si je fais parler 324 aujourd'hui, il vantera mes talents à Ortiz ce soir et je devrais être convié à la prochaine session. Mon nom circule beaucoup en ce moment, il ne me manque qu'un coup d'éclat.

Je suis reparti vers la salle les poings serrés.

Je voulais y arriver. Pour moi.

Et pour mon commandant C.

Dans la salle, 324 était épuisé. Il continuait de nier toute implication. J'ai pris une chaise, je me suis assis en face de lui. Je lui ai exposé ce qui allait se passer s'il ne parlait pas : l'art réunit les hommes, n'est-ce pas ? Ton art va nous réunir. Je sais, il n'y a pas de piano dans cette salle, mais il y a tes doigts.

J'ai fait galoper mes doigts dans les airs et j'ai vu son visage blêmir. J'ai balancé mon index vers la droite, un petit coup sec.

Marcos a commencé par les ongles. Je ne sors plus des salles. Mes pieds sont bétonnés au sol.

Marcos a pris son temps. D'abord les ongles, puis les doigts. Le tout entrecoupé de brèves pauses : toujours pas ?

Après la première main, j'ai fait installer un tourne-disque pour passer *La Sonate au clair de lune*. Je l'ai fait jouer en boucle. Il gémissait mais persistait à nier. Au fond de moi, je savais, il n'allait pas se confier. Peut-être même qu'il n'était pas impliqué. Peut-être que c'était une fausse piste. Qu'importe, la fausse piste allait devoir paraître vraie.

J'ai agité mon index, donné mes instructions à Marcos, et je suis sorti.

J'avais décidé de falsifier mon rapport. Pour Ortiz.

En rentrant, j'ai fait l'amour à Nina comme jamais. Je me suis surpris par mon assurance. Nina m'attendait près de la fenêtre. Elle avait mis sa chemise de nuit en soie, blanche, avec de la dentelle au niveau du décolleté. Une brise légère a soulevé le bas de sa robe et dévoilé ses genoux. Elle m'a souri et a passé délicatement un doigt le long de ses lèvres. J'ai bondi vers elle sans même prendre le temps de retirer mes bottes, gorgé de désir.

Elle s'est décalée, joueuse.

J'étais fou, mon corps brûlant, je n'avais plus le temps de jouer. Avant, je prenais mon temps et l'embrassais pendant des heures. Une balade de baisers sur son corps. Mais là, j'étais transporté par une force inconnue, souterraine, terriblement vive. Je me suis approché et je l'ai attrapée par les avant-bras. Je l'ai plaquée contre le mur et elle a laissé échapper un soupir. J'ai baissé mon pantalon, je l'ai retournée et pénétrée. Chaque coup de reins était la preuve de mon amour, de ma rage et de ma détermination à la rendre heureuse. Puis j'ai joui.

J'ai vu le coucher du soleil et Nina m'a embrassé tendrement sur le front, comme si elle avait senti que j'étais devenu plus fort.

. . . . . . .

Je cours dans un couloir sans fin,
Et soudain,
Je me transforme en araignée.
Une araignée géante, noire et velue,
Terrifiante. Mais je continue de courir,
Je ne me suis pas rendu compte de la transformation.
Je crois toujours que je suis humaine.

Je me réveille dans un sursaut, allongée par terre, le whisky dans la main, paniquée et envahie par le dégoût. Des flashs de rêves me reviennent : maman qui chante la Callas « l'amour est un oiseau rebelle » à ce mariage où elle danse en maillot de bain, maman qui me coupe les cheveux, moi qui me métamorphose en araignée géante, Suzanne qui pleure et se noie. L'eau exsude de mon corps, larmes, transpiration, je me lève, fais vingt fois le tour du salon comme un lion en cage, avant de me résoudre à appeler le psychiatre. Il ne répond pas.

J'embarque tout et je me pointe à son cabinet.

Personne.

C'est pourtant le début d'après-midi. Je remonte à vélo et me rends chez lui, je l'avais suivi un jour d'errance où je retardais le moment de rentrer, il faut qu'il m'aide, pourquoi toujours ces mêmes rêves ? Je frappe plusieurs fois. Il finit par m'ouvrir, dérangé, avant de grimacer, surpris par mon état.

« Carmen, que vous est-il arrivé ? »

J'embraye, je déballe mes rêves sur le pas de la porte. Il m'invite à m'asseoir dans le salon, me propose un thé, mais je n'ai pas le temps, il insiste et revient avec deux tasses fumantes et des cotons imbibés d'alcool pour mon front. Il me demande ce qui a déclenché la crise. Il n'y a pas eu de crise, je reste concentrée sur les rêves, ces rêves de folle, d'élastique tendu et relâché au gré des conjonctures, ces rêves qui me parlent et que je ne parviens pas à déchiffrer. Il reste circonspect alors j'argumente, je n'ai pas besoin de retourner à l'hôpital, il doit me faire confiance. Face à ma détermination, il abdique et récite la théorie, en précisant que l'analyse des rêves est un exercice complexe, que la définition de base n'est qu'un cadre, allez, je le presse, il expose, le mariage traditionnellement est signe de mort symbolique. Dans votre rêve, Carmen, est-il question de votre mariage, d'une harmonie entre deux formes d'énergie, de l'*animus* et de l'*anima* dont parle Jung ? Les dualités doivent s'équilibrer, ne pas lutter, peut-être refusez-vous une part de votre énergie ? À moins que le mariage renvoie à la fin d'une relation ? Quant à l'araignée, elle incarne tout ce qui peut piéger le rêveur, que ce soit une situation, une idée noire ou une illusion dans laquelle il serait tombé. Mais c'est autre chose qui vous conduit ici, Carmen, n'est-ce pas ?

Sur un banc, dans un parc fermé pour travaux non loin de la maison, les questions tournent en boucle dans ma tête et je ne sais pas si elles sont une lueur d'espoir ou un pic à glace.

Qu'est-il arrivé à Nina ?

Pareille à un robot obsolète, je sors le carnet numéro quatre de ma poche.

. . . . . . .

*Buenos Aires, 29 juillet 1977.*

Je vais aller chez Ortiz ! Le mois prochain ! Il m'a invité !
J'espère que ma mère est fière de moi. Je crois qu'enfin, je suis devenu *quelqu'un*.

*Buenos Aires, 18 août 1977.*

Nina m'a annoncé que son père bat sa mère. Il la roue de coups comme un animal. Sa mère, derrière ses lunettes de soleil pour cacher les hématomes, a décidé de tout lui raconter alors qu'elles se rendaient au chic Alvear Palace. Elle m'a fait promettre de garder le secret et de ne rien tenter.

Sa mère a un plan : faire chanter son père pour qu'il accepte de divorcer. Il faut qu'elle obtienne des photographies compromettantes... et avec son avocat, ils vont faire le nécessaire.

J'ai accepté de garder le secret. Pour Nina. Mais je me sens mal à l'aise. Lorsqu'on confie un secret à quelqu'un, qu'on lui remet en dépôt une parole qu'on aurait dû garder pour soi, on l'encombre. On le charge d'un double devoir de compréhension et de silence au nom de la confiance. Pourquoi ne pas prendre sur soi ?

. . . . . . .

Les mois passent et les jours se ressemblent. La mère de Nina ne parvient pas à mettre son plan à exécution et cela désespère Nina. Elle s'inquiète. Elle voit sa mère s'éteindre et elle est rongée par cette violence domestique injustifiable et gratuite. Elle tient de longs discours sur la frustration masculine, l'abus de pouvoir ; si elle savait. Comment pouvait-elle ignorer à ce point ce qui se passait ? Tu l'écoutes et acquiesces compatissant. Un bon mari. Tu lui promets de garder le secret de sa mère avant, j'imagine, de te délecter des aveux extorqués et des soirées mensuelles garanties chez Ortiz. Ces soirées t'obnubilent, Ortiz aussi. Tu écris : « Je ne lui ai encore jamais parlé directement. Il m'impressionne et je préfère l'observer de loin ». Tes phrases grincent en moi et agitent mon obsidienne.

Tu n'as jamais eu de remords, papa ? Tu tortures des couples et des enfants. Des familles ! « Ils étaient trois : la mère, le père et leur enfant de dix ans. » Tu oses justifier tes actes par ta propre histoire, « pour ne plus jamais que cela arrive ».

Je relève la tête et regarde les arbustes nus et desséchés du parc : ils pleurent pour moi.

Il est 15 heures 15, je me décide à rentrer. À faire une pause.

La maison est un chantier à l'image de mon front. Je ramasse les bouts de vaisselle semés dans tout l'appartement, colle une pochette en plastique sur le carreau de la fenêtre que j'ai brisé, passe l'aspirateur, replace les coussins du canapé. C'est alors que je vois une photographie. Une de celles que j'ai fait tomber en cherchant les pages arrachées.

Dessus, maman et toi. Vous êtes en arrière-plan, noyés au milieu d'un groupe de jeunes. Tu dois avoir la quarantaine et tu tiens maman par la taille. Autour de vous, des amis : tous sourient, visiblement heureux d'être ensemble. Vous vous tenez devant un bar sur lequel est écrit « Cervecería ». C'est la première fois que je vois maman au même âge que le mien. Le temps n'existe plus, il nous réunit toutes les deux dans un même instant de vie.

Au dos de la photographie, l'inscription : « Buenos Aires, 1975 ».

Un précipice s'ouvre en moi, je croyais que maman t'avait rencontré en France en 1979. 1975 et 1979, Buenos Aires et Paris, ce n'est pas du tout la même chose, quatre ans et onze mille quarante-trois kilomètres d'écart, et surtout : *elle* ! Maman m'aurait menti ? Et Marta ? Le Balajo ? Les enfants du XVII^e arrondissement de Paris ? La famille Bichon ? Je m'écroule sur le sol, maman n'a sûrement jamais été en France pour ses études, elle a enjolivé la réalité, caché le non-avouable. Si en 1975 elle était avec toi, toi qui n'as jamais aimé qu'une femme de toute ta vie, cela ne fait plus planer aucun doute, l'équation est limpide,

Maman et Nina,

Ne sont qu'une seule et même personne.

C'est ça, dis papa ?

Ma tête bouillonne ; je n'ai pas su voir. Pourtant maman m'avait laissé des indices. Je me souviens de cette belle journée d'été pendant les grandes vacances. On remontait de la plage, il faisait bon, les cigales crissaient au rythme de notre marche, le soleil parfumait la chaussée et maman riait. Elle riait de ce bonheur simple d'une baignade en pleine mer, de son audace d'avoir demandé à un pêcheur de nous emmener sur son bateau pour se baigner en pleine mer, nous qui ne connaissions que les eaux huilées de la plage de la Salis d'Antibes, ruinées par l'excès de crème solaire des vacanciers affamés de bronzage. Le pêcheur avait accepté, amusé par son culot.

Maman tenait à être une femme qui surprenait l'existence par un pas de côté au moment où on s'y attendait le moins.

Grâce à elle, nous avions embarqué à bord du petit bateau. La mer était froide, d'un bleu puissant et sombre. Le bleu marine à l'état pur cache toujours d'imperceptibles profondeurs. J'étais hypnotisée et j'avais hésité à sauter depuis la proue, apeurée par ce qui pouvait se trouver là-dessous.

« Allez, viens ! »

Maman avait retiré sa robe et s'était jetée à l'eau. Le pêcheur avait ri et m'avait encouragée d'un « ne réfléchis pas, elle est bonne, tu vas voir ! » Maman s'était mise à scander mon nom, « Carmen ! Carmen ! Carmen ! » et le pêcheur s'y était mis à son tour, en tapant des mains. J'étais tellement embarrassée que j'avais fini par sauter. Et c'était bon ! Maman s'amusait à m'éclabousser en battant des pieds et des mains, je répliquais, on riait, c'était la vie hors du temps et des problèmes.

Depuis, dans mon esprit, le bleu marine est associé à maman, à son insouciance, à sa capacité d'embrasser le présent sans que viennent s'y télescoper les craintes du passé et les projections de l'avenir. Depuis cette baignade improvisée, le bleu profond est mon réconfort.

De retour au port, on avait poliment remercié le marin qui aurait beaucoup aimé revoir maman, et on était rentrées. C'était là, précisément là, sur la grande avenue de la Salis qui reliait le port à notre maison, que maman m'avait lancé, sans que je la voie venir, avec son accent argentin si délicat et qui lui faisait pourtant si honte : « Je te le promets Carmen, un jour je te dirai la vérité. Sur nous. »

Je fixe la toile bleue accrochée au mur du salon. Je me laisse envahir par le bleu, l'espace autour de moi s'efface.

Je pense à Raphaël et à Suzanne. Ma fille. Je me surprends à utiliser le possessif. Ma fille. Je prends mon téléphone et envoie : « Je vous aime ».

Il est temps, maintenant, d'achever ce carnet et de passer au suivant.

. . . . . . .

*Buenos Aires, 11 janvier 1978.*

Mon commandant C. m'a remis une médaille pour mon travail. Cela m'a changé les idées. Les soldats m'ont applaudi et j'étais fier.

Ils me respectent plus qu'un frère.

Marcos et moi, on est plus féroces qu'une grosse meute de chiens enragés. Je planifie, il écoute ; j'ordonne, il exécute. Mieux qu'une meute.

*Buenos Aires, 30 janvier 1978.*

Aujourd'hui, on a eu chaud avec Marcos. J'ai risqué gros pour lui. À 5 heures du matin, on devait aller cueillir un couple de terroristes : Diego Soriano et sa femme. Dans le commando, on comptait une nouvelle recrue, un jeune de vingt-deux ans qui roulait des mécaniques : Pedro.

Lorsqu'on est arrivés au coin de Tucumán et San Martín, Marcos est allé sonner pour vérifier si on pouvait entrer. Je l'ai stoppé. Il fallait d'abord procéder à un repérage. On a commencé et, je ne sais pas ce qui s'est passé, Marcos a tiré. Alors les autres gars s'y sont mis aussi, avec la grosse artillerie, et quand tout s'est écroulé, on est entrés. On a marché dans ce qu'il restait de la maison. Au milieu des éboulis, Diego Soriano était mort. Sa tête écrasée. Complètement. Les jambes de Pedro chancelaient. Il est allé s'asseoir sur le rebord de la baignoire qui était restée intacte. On pouvait tout voir puisqu'il n'y avait plus de mur. Pedro était livide, le visage de celui qui n'avait jamais vu un homme mort.

Moi, j'ai pensé à ma mère. À cause de la cervelle. La scène était difficilement tenable. Mais un chef doit donner l'exemple. Alors je suis resté bien droit et j'ai continué d'inspecter les lieux. Après la gaffe de Marcos, on ne devait laisser aucune trace.

C'est là qu'on a entendu des petits cris.

Je me suis rapproché de la salle de bains. Le nouveau m'a regardé et s'est tourné vers l'intérieur de la baignoire. Je me suis avancé à mon tour, et je l'ai vu.

Un bébé.

Il était allongé dans les bras de sa mère, au milieu de la baignoire. Sa mère, la femme de Soriano, pleurait et nous implorait de ne rien dire.

Ça m'a paralysé. Le nouveau aussi.

Ce bébé, il me renvoyait à la figure que rien ne justifiait ce qu'on était en train de faire. Même pas le bien de la nation. Même pas la grandeur de l'Argentine. Ce bébé, il venait de rouvrir mes plaies. Personne ne devrait avoir le droit d'envahir les enfances.

Puis Marcos nous a rejoints. En un rien de temps, il a dégainé son arme et a tiré dans la tête de la mère avant de braquer son revolver sur celle du bébé. Je l'ai retenu, c'est mon corps qui a parlé. Mon corps, ma mère, et Nina à travers lui, mon corps qui, tout seul, a décidé de bloquer le bras de Marcos. Il s'est dégagé et a braqué à nouveau son arme sur la tête du bébé, furieux d'avoir été interrompu. Puis le nouveau a pointé la sienne sur la tempe de Marcos. J'ai perdu pied, j'étais face à Marcos qui braquait un nourrisson de terroristes et le nouveau qui braquait mon frère. Un seul faux pas et tout partait en vrille. Un seul faux pas et nous pouvions tous mourir.

Il ne m'a fallu qu'une seconde. J'ai sorti mon arme et j'ai tiré.

J'ai tué le nouveau.

Marcos a rangé son arme. Il m'a dévisagé comme si je l'avais trahi, lui et toute la nation. Il m'a laissé avec le bébé hurlant et s'agitant dans le sang de sa mère. Je ne pouvais pas le tuer. Je ne pouvais pas le laisser vivre. Je ne savais pas quoi faire. La cervelle de Soriano puis ce bébé avaient réveillé quelque chose en moi.

J'ai regardé autour et j'ai aperçu, derrière un morceau de pierre, du papier toilette. J'en ai mis un bout dans la bouche du bébé pour étouffer ses pleurs. Et j'ai tiré à côté.

Après, je suis sorti et j'ai prié pour que quelqu'un le récupère rapidement et que les autres ne viennent pas.

Raul et Pablo, en poste devant ce qui restait de l'entrée, m'ont fait un signe de la tête. Pour la mort du nouveau, ils me soutiendraient.

De retour à l'Esma, j'ai rédigé mon rapport. Marcos a été pris en otage par des subversifs, nous avons tout détruit. Le nouveau est mort pendant l'intervention. Raul, Pablo, Marcos ont approuvé ma version.

. . . . . . .

J'embarque les derniers carnets, la boîte en métal, attrape mon manteau et claque la porte. Je sonne chez la voisine, lui demande si je peux lui emprunter sa voiture. Je ne sais pas ce qu'elle se dit, si elle a peur ou si elle sent l'urgence, mais elle me tend ses clés. Je la remercie, dévale l'escalier, cours à sa voiture, démarre et trace. Je roule pour distraire mes pensées, les amarrer à autre chose que tes récits sordides. Je traverse Paris et gagne l'autoroute, je m'enfonce dans le folklore crépusculaire des paysages et des lampadaires qui s'allument à mesure que la nuit tombe. La vitesse me relaxe, être sur le fil, se confronter au risque. 130 km/h sur l'autoroute de Normandie. Un simple écart de volant et tout peut s'achever dans le silence de la nature et la dureté du bitume. Il n'y aurait plus de problèmes, plus de vérités, c'est tentant. Je mets la radio et je crois entendre Videla.

« Il y a des personnes disparues dans notre pays. C'est une triste réalité, mais que nous devons reconnaître objectivement, c'est une énigme le disparu. Si une personne apparaissait il y aurait un traitement X, si l'apparition devenait avec certitude un décès il y aurait un traitement Z, mais tant qu'une personne reste un disparu il ne peut y avoir de traitement spécial, c'est un disparu, il n'a pas d'entité, il n'est ni mort ni vivant… il est disparu. »

Une allocution que j'avais entendue durant mon adolescence, puis étudiée à l'université, et qui m'avait tant marquée, une explication supposée rassurer les familles de disparus, ces milliers d'hommes et de femmes assassinés et jetés dans le Río de la Plata dans la plus grande illégalité.

Par ta faute, papa.

J'accélère, pensant aux disparus que tu devais appeler des « transférés », le terme officiel, n'est-ce pas ? Après les enlèvements et les tortures, vous promettiez aux détenus un « transfert » dans le sud du pays, dans un autre camp, et vous les conduisiez à l'aéroport de Buenos Aires, à moitié shootés par une injection de somnifères. Une fois en vol, vous les endormiez complètement, vous les déshabilliez et les balanciez les uns après les autres dans le Río de la Plata. Les corps atterrissaient parfois en Uruguay ou disparaissaient à jamais. Le capitaine Adolfo Scilingo a brisé le silence en révélant la vérité sur les escadrons de la mort. Et toi, papa ? Tu as continué de tout orchestrer avant de venir te cacher en France ? Tu étais un bourreau et un lâche. Ton père avait raison.

Mes mains se crispent sur le volant. La radio pulse. Mon cœur aussi. Je vois les lignes blanches danser devant mes yeux, la nature défiler. La mer et son bleu profond seront bientôt à moi.

Le soleil s'est couché sur Étretat. Je suis face à la mer ; les galets chantent sous le mouvement des vagues. Malgré tout, je me dis que j'ai de la chance : je suis libre. L'horizon est là pour me le rappeler. Je pars escalader les falaises de calcaire, la falaise d'Aval, et j'imagine Monet, au bout de la pointe, avec son chevalet. Je discute de son coup de pinceau avec Maupassant et je divague en mâchouillant la tige amère d'une violette. Puis je la vois, dans la pénombre, les cheveux flottants au vent, dans une grande robe blanche, celle qu'elle avait l'habitude de porter pour les grandes occasions. Elle me parle mais j'ai du mal à distinguer ses mots tant le vent est puissant à cette hauteur. Il me semble pourtant qu'elle me demande pardon et me murmure qu'elle m'aime.

Je cligne des yeux et, quand je les ouvre à nouveau, ma mère a disparu.

Elle m'a dit au revoir.

Je retourne à la voiture garée sur le parking désert. Je me jette sur le siège passager et j'aperçois, par terre, un livre. Une pièce de théâtre. *Antigone* de Jean Anouilh. Il a dû tomber du sac de ma voisine, ou du cartable de son fils. Je l'ouvre à l'endroit où la page a été cornée : « Hémon : Père, ce n'est pas vrai ! Ce n'est pas toi, ce n'est pas aujourd'hui ! Nous ne sommes pas tous les deux au pied de ce mur où il faut seulement dire oui. Tu es encore puissant, toi, comme lorsque j'étais petit. Ah ! je t'en supplie, père, que je t'admire, que je t'admire encore ! Je suis trop seul et le monde est trop nu si je ne peux plus t'admirer. »

J'ai le sentiment d'avoir revêtu les habits d'Hémon. Seule au milieu d'Étretat, j'accepte pour la première fois que je suis seule, que le monde est nu et que je t'ai admiré trop longtemps.

Je prends les carnets et termine de lire. La pleine lune veille sur moi.

. . . . . . .

*Buenos Aires, 1er juin 1978.*

Quatre mois ont passé. J'ai eu du mal à me remettre de ce qui s'est passé avec le bébé. Je n'avais plus la force d'écrire. Le doute, sûrement.

Aujourd'hui, c'est le début de la Coupe du monde de football. La ville est surexcitée. Chaque jour, des milliers d'Argentins et de touristes s'empressent de courir vers le stade pendant que nous, on se rend au travail. Ils encouragent, on torture. Ils acclament, on écoute les derniers soupirs. Déjà deux ans et je vois passer le même mauvais film. Raul s'époumone avec les détenus, crache le démon, c'est sa phrase ça, crache le démon, les révolutionnaires sont tous des putes. Marcos a pris goût à briser les tympans des détenus avec un téléphone ou à leur enfoncer un bâton dans le derrière, de la même façon qu'il frappait le sol avec son tisonnier étant enfant. J'aimerais ne pas reconnaître en lui le frère que j'aime, mais ce serait mentir.

Je donne le change, car je ne suis plus vraiment là. Et je digresse, pour repousser ce qui m'incite vraiment à écrire : Nina.

Depuis plusieurs semaines, elle se parle à elle-même, à voix haute, dans la rue, à la maison. Elle commente ses faits et gestes comme si quelqu'un était avec elle. Je crois qu'elle devient folle. Même si hier soir, après sa douche, assise sur le lit, elle m'a dit de ne pas m'inquiéter : « J'ai juste besoin de combler le vide. Je suis institutrice, les enfants c'est toute ma vie, tu comprends ? »

Oui, elle est fatiguée de s'occuper des enfants des autres. Mais que faire ?

. . . . . . .

Maman me répétait toujours que je suis arrivée comme le messie, un dimanche après la messe, un don de Dieu qu'elle n'attendait plus. Elle l'avait sentie tout de suite. Une sensation inhabituelle dans son utérus. Et elle en avait eu la confirmation les semaines suivantes : elle était enceinte.

Elle ne m'a jamais beaucoup parlé de sa grossesse. À l'âge de cinq ans, quand j'ai voulu un petit frère ou une petite sœur pour jouer, j'ai su. Je n'avais que ça à la bouche : « Maman, tu me fais un petit frère ou une petite sœur ? » À chaque fois, elle soupirait, jusqu'à ce que, lasse, elle se mette à genoux pour être à ma hauteur : « Tu sais Carmen, parfois, les mamans n'arrivent pas à retomber enceintes. Elles essaient, mais cela ne marche pas. » Face à la tristesse de maman, j'ai cessé de poser la question. De me poser des questions.

. . . . . . .

*Buenos Aires, 2 juin 1978.*

Nina est rentrée rayonnante de sa journée avec sa mère. Sa mère a les preuves dont elle a besoin. Elle va pouvoir obtenir le divorce et faire cesser les coups. C'est un soulagement.

*Buenos Aires, 11 juin 1978.*

*Viva Argentina!* La Coupe du monde nous distrait, quoi qu'on en dise. Mario Kempes joue comme un dieu. Pourvu que l'Argentine aille en finale !

*Buenos Aires, 25 juin 1978.*

L'Argentine a affronté les Pays-Bas en finale. 76 687 places. Remplies. Et on a gagné ! On est champions du monde, avec 3-1 après prolongation !

L'Estadio Monumental et l'Esma se sont donné la main. Il faut dire que seulement huit cents mètres les séparent. Alors on a tout entendu, comme si on y était. On a quand même écouté le match à la radio. Chaque but de Kempes nous transportait de joie. On vibrait comme les murs. *Viva Argentina!* Mais l'euphorie de la victoire s'est vite évanouie.

J'ai déchanté.

Quand je suis entré dans la salle, après le match et le travail préparatoire de mes hommes, l'odeur m'a pris à la gorge. Un homme baignait dans son sang, étendu au sol. À côté de lui, il y avait une femme. Elle pleurait, la main sur son entrejambe. Je la connaissais très bien.

J'avais déjà vécu cette scène, mais avec elle dans le décor, tout s'est embrouillé. Elle me regardait comme si le traître, c'était moi.

J'ai été pris d'un vertige et j'ai eu du mal à respirer. Raul l'a frappée à la tête et elle s'est mise à hurler. J'ai fermé les yeux, j'ai cru entendre les cris de ma mère derrière la porte de sa chambre. Je me suis essuyé le front tant je suais. Deux mains m'ont empoigné et secoué. Raul.

– Chef, ça va ? Vous voulez la cogner vous aussi pour fêter ça ? C'est une chienne ! Regardez.

Il m'a montré des tracts. Encore des tracts. Il n'y avait, a priori, aucun doute sur sa culpabilité. Il y en aurait eu sur la mienne si j'avais dit quelque chose. Personne n'avait fait le rapprochement entre elle et moi. Pas même Marcos.

J'ai à nouveau fermé les yeux cinq secondes. Je les ai rouverts. Tout était à la même place. Elle, esseulée, l'homme mort à terre, et mes trois sous-officiers hilares, heureux d'être les champions du monde.

– Allez-y, chef, tirez comme Mario !

Raul a poussé du pied la femme et a soulevé ses fesses nues.

– C'est de la vermine. Elle trompait son mari en plus, cette chienne !

Elle m'a regardé désespérée. Nina lui ressemble tant. Elle a failli parler, alors j'ai frappé avant. Je n'ai pas eu le choix. Je l'ai frappée. Plusieurs fois. Elle a noyé sa douleur dans ses larmes et j'ai continué, en retenant les miennes. À la fin, Raul m'a tapoté sur l'épaule.

– Je la ramène en cellule, chef ?

– Je m'en charge.

Il a écarquillé les yeux, surpris par ma réponse. Qu'importe. Tout le monde est sorti et j'ai contemplé mon travail de bête. Sans m'en rendre compte, j'étais devenu pire qu'une bête. Quelle autre espèce que l'homme torture et tue d'autres membres de son espèce ? De sa famille ? J'étais devenu aussi malin qu'Añá et, comme lui, j'étais convaincu d'avoir bien agi.

J'ai porté la mère de Nina évanouie dans sa cellule. Je l'ai allongée en prenant soin d'étendre ses bras de chaque côté de son corps. J'ai arrangé sa jupe, bien comme il faut au-dessus des genoux, j'ai remis ses cheveux derrière les oreilles et je lui ai nettoyé le visage avec un peu d'eau. Délicatement, j'ai effacé l'un après l'autre chaque débordement. J'ai vérifié que rien ne dépassait, ni sang ni larme. Une femme respectable ne doit rien laisser transparaître, c'est ce que Nina répète toujours.

Tout était en ordre. Même les ecchymoses sur ses joues lui donnaient l'air d'avoir bonne mine.

Quand je suis parti, les sanglots m'ont pris en étau. La vérité serrait son garrot autour de mon cou : je venais de tabasser la mère de Nina, elle allait mourir, comme son avocat, pour avoir comploté, et je ne pouvais rien y faire.

. . . . . . .

Ta croyance se fissure mais tu as torturé; tué. Tu écris te sentir stupide et cruel. Tu retournes à l'église une dernière fois. Pareil à un deuil, tu allumes solennellement une dernière bougie, tu passes en revue les vitraux multicolores qui t'ont fait tant rêver à l'orphelinat, les bancs labyrinthiques entre lesquels tu jouais avec Marcos. Et tu pries.

Tu as décidé que jamais plus tu ne mettrais les pieds dans la maison de Dieu.

. . . . . . .

Dieu ne peut pas être qu'amour pour laisser les hommes s'entretuer. Pour avoir fait de moi cet homme-là.

Pardonnez-moi.

Amen.

. . . . . . .

Je sais, maintenant, le silence qui te hantait.

. . . . . . .

*Buenos Aires, 10 juillet 1978.*

La mère de Nina est officiellement disparue. Tout comme son avocat. J'ai su qu'ils avaient été dénoncés par le père de Nina.

Nina, elle, préfère croire qu'ils ont fui le pays pour vivre leur amour.

Je suis inquiet. Sans sa mère, sans enfants, Nina ne va pas tenir longtemps. Elle parle seule à longueur de journée. Elle vit dans un monde imaginaire.

*Buenos Aires, 11 juillet 1978.*

Cet après-midi, je suis allé marcher le long du Río de la Plata pour trouver une solution. Mais en regardant l'eau, j'ai vu des corps. Des milliers de corps gisant là, sous l'eau, en ronde funèbre, telles des statues aquatiques propriétés du roi des Enfers. Je me suis vu sous l'eau moi aussi, j'ai senti les peaux de marbre des morts effleurer la mienne.

. . . . . . .

Les documents administratifs. Les lettres. L'intégralité des carnets. À l'aube, je jette le dernier carnet, le numéro sept, et je sors de la voiture.

La crise surgit, aiguë ;
Elle tourne en rond autour de moi, pieds nus,
Insulte la mer qui se déchaîne. Quelqu'un me brûle ;
Elle retire mes vêtements, la moindre parcelle de tissu,
Hurle, telle une louve en détresse,
Je ne suis plus là,
Je disparais à jamais dans ce qu'il reste de la nuit.

# – 5 –

UNE LUMIÈRE BLANCHE M'AVEUGLE, je peine à ouvrir les yeux, je distingue des murs blancs, une couverture blanche, du blanc, une femme en blouse blanche là, là, et encore là. Je cligne des yeux, une femme me parle, je n'entends pas, sinon des échos brisés, je suis coincée dans un autre espace-temps, isolée, me débattre est inutile. Deux perfusions pendent : je suis de retour à l'hôpital psychiatrique.

HP. Les deux lettres sont séduisantes, les initiales d'un jeu de société, deux entités inséparables supposées me « redresser », mais non, mon cerveau résiste, se déchaîne, pas de rééducation possible pour moi, je suis un démon de l'harmonie, corps-loque et âme perdue, aucun soin possible, tout est drogue, non remède, drogue et destruction.

Raphaël a été prévenu par les pompiers. Il est venu à Étretat puis m'a fait transférer et interner de force à Paris. Je suis placée en pension longue durée tant mon départ et l'ampleur de ma crise l'ont inquiété. J'ai mis le feu à la voiture de notre voisine, nue, j'ai hurlé pendant deux heures, je n'en ai aucun souvenir.

Le rythme des perfusions m'apaise, je regarde s'écouler les gouttes une par une, telles les larmes que je n'ai plus. Ma tristesse demeure, silencieuse. Je n'ai plus qu'à fermer les yeux et à me laisser gagner par l'atmosphère d'au-delà de la vie de l'hôpital, les paroles feutrées, les cris inopinés de patients en manque, les mouvements amortis, les gestes appliqués, les blouses blanches et vertes qui flottent au-dessus de la surface du sol.

Cette fois, les efforts du personnel médical ne suffiront pas. La vérité est trop lourde à porter. Je voudrais m'enfoncer dans la couette, et mourir.

Lorsque j'ouvre les yeux, Raphaël est assis sur l'unique chaise de la chambre. Sur ses genoux, il y a la boîte en métal bleue, rescapée de ma folie d'Étretat. Il ne l'a pas ouverte. Il préfère que je m'explique, si j'en ai la force.

Son visage trahit l'inquiétude et la colère. En regardant avec attention, je ne saurais dire lequel prend le dessus, et surtout, s'il m'aime toujours. Il est là. Le temps est venu pour moi de partager.

Je lui dis tout, le coup de fil, le box et le bureau, Lucas, le faux fond découvert au petit matin, mon incapacité à lui parler. La peur ou la honte. Et je continue, tel que cela me revient, toi, les femmes enceintes clandestinement internées dans le grenier de l'Esma, entre 1976 et 1980. Raphaël me dévisage ahuri et mes phrases s'enchaînent, les militaires enlevaient, torturaient et tuaient hommes et femmes, mais pas les femmes enceintes. Pas tout de suite du moins. Ils les gardaient, avec un numéro, jusqu'à ce qu'ils n'aient plus besoin d'elles. Jusqu'à l'accouchement. Leurs enfants étaient ensuite confiés à des familles proches du régime. Comme celle d'Ortiz. Ortiz qui a décidé que le bébé de la détenue 426 serait pour sa femme et lui.

426 était une belle brune pulpeuse, professeur de philosophie à l'université de Buenos Aires, et Ortiz voulait un bébé intelligent. Le commandant Cortez avait mis mon père en garde : « C'est ta responsabilité de prendre soin de 426, pour Ortiz. Elle ne doit manquer de rien, compris ? »

Mon père s'est appliqué. Pendant les cinq mois de grossesse qu'il restait. S'occuper des femmes enceintes, ce n'était pas pour lui. Ce n'étaient pas ses ordres et tant mieux « surtout depuis l'incident du bébé dans la baignoire ». La donne avait changé.

Face à « l'esprit de 426 », mon père cherche ses mots, développe des arguments, se défend. Il ne veut pas d'une humiliation de plus, alors il parle de Dieu qu'il a abandonné, de ses parents disparus, de l'homme qui pue, des valeurs de l'armée, du respect, de l'importance de la famille. Au fond, il souhaite son pardon. Mais elle ne lui renvoie que du mépris. Vexé, il se dit : « Ce n'est pas juste que cette femme ait un bébé alors que Nina n'arrive pas à tomber enceinte. »

Les larmes ruissellent le long de mes joues. Raphaël place sa main sur la mienne. Je lui demande un mouchoir et un verre d'eau avant de continuer.

Le 11 août 1981, c'est l'anniversaire d'Ortiz, ses soixante-dix ans.

. . . . . . .

*Buenos Aires, 11 août 1981.*

Ortiz m'a invité chez lui, et avec quelques privilégiés, on s'est rendus à sa fête. Une grande soirée pleine d'hommes importants. On a bu, on a ri, on a dansé. Nina s'est amusée et cela faisait longtemps que je ne l'avais pas vue comme ça. Elle a rencontré Maria, la femme d'un gradé qui a perdu sa mère. Elles ont beaucoup parlé, bu et dansé.

Plus tard, on est allés fumer des cigares dans le salon privé d'Ortiz. Il a proposé un poker. J'ai eu la chance d'en être. Mieux, d'être assis à côté de lui. Passe-droit de celui qui prend soin de sa protégée.

Il faisait chaud. Tout le monde transpirait. L'uniforme est devenu intenable. Ortiz a été le premier à faire tomber la veste. Les autres ont suivi et les vestes se sont empilées sur le sofa comme les détenus dans les fosses communes. La partie a repris.

Alors, l'odeur m'a foudroyé. Celle que j'avais sentie quand j'étais petit avec Garufa, recroquevillé comme un asticot écrasé sous la table du couloir. Cette odeur âpre et acide.

Celle de l'homme qui pue.

Je me suis tourné vers Ortiz en train d'aligner une quinte flush, j'ai fixé ses lèvres marronnées de vin, sa bave aux commissures, je l'ai imaginé avec un peu de barbe, des cheveux en bataille, de la saleté sur les joues, je l'ai imaginé avec dix kilos de moins, des habits troués, et je n'ai plus eu aucun doute.

L'homme qui pue, celui qui a violé et assassiné ma mère, qui m'a humilié après m'avoir privé de ce que j'avais de plus précieux, c'était lui.

. . . . . . .

Mon père a tenu comme il a pu le reste de la soirée. Et il a attendu que l'accouchement de 426 soit proche pour mettre son plan à exécution, un plan dont il n'avait parlé à personne. Pas même à Marcos.

Entre-temps, il avait pris soin de préparer des faux passeports auprès d'un de ses indics, un homme fiable, moyennant une grosse liasse de billets. Il lui a précisé les noms qu'il voulait et quand il est venu récupérer ses passeports, il l'a tué. Pas pour l'argent. Pour ne pas laisser de trace. Il l'a écrit dans son journal, en majuscules :

PERSONNE NE DOIT SAVOIR.

Quatre jours plus tard, 426 perdait les eaux. Mon père a appelé Ortiz pour le prévenir que c'était une question d'heures, et il est sorti.

. . . . . . .

Ortiz n'aura pas cet enfant. Ni aucun autre. L'homme qui pue n'aura aucun enfant.

*Buenos Aires, 15 août 1981.*

Je me suis rappelé mes égarements d'adolescent, les leçons de Marcos, et j'ai volé une voiture. J'ai roulé à fond. Je savais quel trajet emprunterait Ortiz et il fallait que je l'intercepte avant qu'il arrive à l'Esma.

Tout s'est déroulé selon mes plans.

Je me suis arrêté sur la grande route, après le virage, et je l'ai attendu, le revolver d'un prisonnier dans la main.

Je le visais. Bien droit. Bien solide sur mes jambes.

Sa voiture est apparue et je n'ai pas faibli. J'ai tiré, pan, une balle dans la tête. Tout est allé très vite. J'ai vu son corps s'affaisser sur le volant. La voiture a fait une embardée et a enchaîné plusieurs tonneaux avant de s'immobiliser complètement. Fumante. Dans un silence lourd, typique de ce temps d'après-le-drame, j'ai senti une vague de chaleur grimper jusqu'à mon cœur. Le soulagement.

Ortiz n'est pas sorti de la voiture. Après quelques secondes, je me suis approché pour m'assurer qu'il était bien mort et... c'est mon commandant C. que j'ai vu au volant... mort. J'ai hurlé et je l'ai aperçu sur le siège passager : Ortiz. Il résistait. J'ai fait le tour de la voiture. Il était à moitié inconscient, le front ensanglanté. Il m'a reconnu et a souri, content que je sois là.

« Aide-moi. »

J'ai pensé à ma mère, à mon commandant C., à Nina, et j'ai répondu à Ortiz qu'il allait mourir. Je lui ai rappelé mon histoire, celle de l'enfant qui a perdu sa mère, violée et assassinée d'une balle dans la tête, celle de l'enfant qui, toute sa vie, s'est senti un minable à cause de lui. Je lui ai répété ce qu'il m'avait dit : « Elle est morte ta mère. Si tu dis à quelqu'un que tu m'as vu je te tue toi aussi. T'as compris ? »

Il n'a pas bougé, je lui ai collé le revolver sur la tempe, et j'ai tiré.

Un colibri est passé au-dessus de la voiture. J'ai senti qu'à cet instant, ma mère avait enfin pu rejoindre la Terre sans Mal comme tous les Guaranis exceptionnels.

Ensuite, je suis retourné à l'Esma pour l'accouchement de 426. J'ai couru jusqu'au grenier et je me suis empressé de lui retirer la cagoule qu'elle avait sur la tête. Je l'ai appelée par son prénom, les numéros, toute cette merde, c'était fini. Paula.

Elle a accouché seule et dans la douleur. Elle a lutté pour retenir son bébé, pour transformer son sexe en barrage.

Mais l'enfant est sorti.

Je l'ai pris. Une petite fille.

J'ai chuchoté à l'oreille de Paula, bien bas pour que personne n'entende, ne t'en fais pas, Ortiz n'aura pas ta fille. C'est moi qui prendrai soin d'elle, je te le promets.

Elle n'a rien pu dire.

Je ne pouvais rien faire pour elle. Elle allait mourir.

Le soir, j'ai tendu notre fille à Nina. Je lui ai expliqué que ma demande d'adoption avait réussi. Je voulais lui faire la surprise.

Elle a pleuré de joie. J'ai lu dans ses yeux qu'elle m'aimait à nouveau.

Alors j'ai continué : nous ne pouvons pas rester ici.

Nina ne voulait pas partir, et je n'ai pas pu l'informer que l'armée ne tarderait pas à savoir que c'était moi qui avais récupéré l'enfant, moi qui avais assassiné Ortiz et mon commandant C.

Je ne pouvais pas lui exposer qu'en restant là, ils feraient bientôt une matraque avec ma peau, comme les Indiens avec les iguanes dans les contes guaranis. Je lui ai tout balancé, ou presque : sa mère arrêtée par l'armée, mon impuissance à la sauver sans mourir moi aussi, les autres assassinats abusifs, la nécessité de fuir. Elle s'est effondrée, m'a frappé, a embrassé l'enfant. Nous devons partir, j'ai insisté. Elle n'a pas cherché à en savoir plus. J'avais les nouveaux passeports, nos nouveaux noms, empruntés à des disparus sans famille, pour une nouvelle vie. Ce pays ne nous avait apporté que du malheur.

J'ai pris soin de camoufler notre départ.

Une explosion au gaz a soufflé notre maison.

À l'heure où j'écris, Nina et Juan Moreau, ainsi que le bébé de Paula sont officiellement morts.

Pardonne-moi Marcos de ne pas t'avoir dit au revoir.

. . . . . . .

Raphaël me serre dans ses bras, comme si tout son amour pouvait étouffer ma peine. Quand il se recule, je poursuis ; j'ai besoin de le dire, de le formuler tout haut, l'entendre va peut-être lui donner une réalité plus acceptable. Assieds-toi et ne dis rien jusqu'à ce que je finisse. Il faut que tu m'écoutes encore un peu.

En 1983, la dictature s'est effondrée. Les chiffres officiels sont tombés. Le régime a entraîné la disparition de 30 000 personnes, l'assassinat de 15 000 autres, l'emprisonnement de 9 000 détenus politiques, et le vol d'au moins 500 bébés.

Ma mâchoire se crispe, je retiens mes pleurs tandis que ma parole s'emballe.

Voler des nouveau-nés, tuer les mères ensuite, pendant quatre ans ! Des femmes enceintes, prétendues subversives, ont été numérotées, internées, contraintes d'accoucher dans la clandestinité, cagoulées à même le sol.

500 bébés sont nés ;

Filles, garçons, jumeaux,

500 bébés arrachés à leurs mères aussitôt assassinées.

500.

Dont moi.

La fille de 426.

La fille de Paula.

Raphaël me fixe, hagard, et moi j'enrage. Au milieu des larmes, je crois même que je crie. J'aurais dû m'en rendre compte, tous les indices étaient sous mes yeux. Comment ai-je pu passer à côté, moi, spécialiste de l'Amérique latine ? Je n'ai douté qu'une seule fois et il a balayé mon incertitude en une phrase : *Tu ressembles tellement à ta mère*. De quelle mère parlait-il ? Pourquoi ne me suis-je pas méfiée ? Et si Ernesto et Gabi ne m'avaient pas donné tant d'amour, si Ernesto ne s'était pas démené pour que je puisse faire des études, s'il ne m'avait pas montré sa fierté le jour où j'ai soutenu ma thèse, l'aurais-je vu ? Le déni aurait-il cédé ? Combien de fois j'ai regardé les annonces des Grands-Mères de la place de Mai, celle où un jeune homme face à un miroir s'interroge sur son identité tandis qu'une voix off donne l'alerte : « Si tu es né(e) entre 1976 et 1980 et si tu as un doute sur ton identité, contacte les Grands-Mères de la place de Mai. Tu es né(e) entre 1976 et 1980 et tu as des doutes sur tes origines ? Consulte la liste d'enfants que nous recherchons. Ni oubli ni pardon. »

Ni oubli ni pardon.

Comment oublier celui qu'on a aimé et appelé papa pendant trente-cinq ans ?

Raphaël me prend dans ses bras et m'embrasse malgré ce que je lui ai fait endurer ces derniers temps. Le bonheur n'est pas toujours dans la mélodie.

Il est 2 heures du matin et je n'arrive pas à dormir. Je commence à écrire un texto à Lucas, me ravise, et efface son numéro. Je ne veux plus de cette vie-là. Je sors du lit et pense à tous ces bourreaux exilés, cachés à l'étranger, et notamment en France. Beaucoup ont été retrouvés grâce aux progrès scientifiques, à Internet, aux témoignages. Mais certains sont passés entre les mailles du filet. Comme mon père d'appropriation.

Juan Moreau, dit « La Matraque ».

Avec ses yeux verts perçants.

Présumé mort en 1980.

Je pense aussi à ma mère, celle qui m'a élevée, Nina, renommée Gabi. À la fin de son journal, Ernesto raconte qu'elle a appris la vérité sur ma prétendue adoption l'année de mes onze ans. Elle avait des doutes, et, à force de chercher, elle avait trouvé les carnets. Ce fameux jeudi où je suis rentrée de l'école et où elle est restée assise dans son fauteuil, celui où elle ne s'est pas levée pour m'embrasser, où elle n'a pas répondu au téléphone qui sonnait et où elle ne m'a pas préparé mon goûter comme elle avait l'habitude de le faire.

Elle n'a jamais pu s'en remettre. Vivre avec tes horreurs et la conscience qu'elle m'avait volée à une autre, à ma mère biologique, lui était insupportable. Quand elle n'a plus réussi à donner le change, à faire semblant de jouer à la vie, elle est partie.

Elle m'aimait trop, écrit Ernesto, pour vivre avec un tel secret.

Dans le silence de la nuit, je divague. Qu'en est-il de mes grands-parents biologiques, sont-ils toujours vivants ? Est-ce qu'ils m'ont cherchée ? Est-ce que mes grands-mères ont marché sur la place de Mai en me réclamant ?

Paris, janvier 2017

## — 6 —

Je suis assise face à la fenêtre de ma chambre. Le soleil inonde la pièce. Je sors demain. Une infirmière frappe à la porte. Elle est accompagnée de Raphaël et me tend des papiers : mes analyses ADN. Le bilan est là. Je crois que je me demande, un bref instant, si je dois le regarder. Et si je décidais de ne pas savoir et de continuer à vivre en ne gardant que les bons souvenirs. Que l'amour.

Je n'hésite pas longtemps et je lis le compte-rendu. Une fois terminé, je fais semblant de lire. J'ai besoin d'un temps pour moi. Une minute, pas plus. Ces résultats sont un faire-part de mort et de naissance. Je ne savais pas que c'était objectivement possible. Raphaël tape frénétiquement du pied. Je ne le fais plus attendre, je lève les yeux vers lui et je lui dis que ce bout de papier confirme que je ne suis pas moi,

Je ne suis pas Carmen Gómez.

Je suis Laura Denevi.

Laura.

Je m'appelle Laura.

Je ne suis plus suspendue au vide mais,
Scindée en deux.
Un moi s'est figé,
Un moi mort mais là pourtant, tandis que l'autre
Est contraint de commencer à vivre. À trente-six ans.

Comment accomplit-on ce tour de force de reconstruire une vie sur du vide ?

Raphaël est reparti. Comme chaque soir, je sors la lettre de ma mère. De Paula.

Vous aviez l'habitude de faire écrire aux femmes enceintes une lettre à leur futur enfant. Tu as gardé celle que ma mère m'avait adressée. Tu savais déjà, sûrement, que tu me la remettrais un jour.

*Mon enfant,*

*Je t'écris en espérant que ces mots te parviennent, que tu puisses les lire et sentir la profondeur de mon amour dans chacune de ces lettres que je forme, dans le moindre de ces interstices et de ces silences. Tu vas naître bientôt et on va t'éloigner de moi pour une raison que j'ignore, ou du moins, qui n'en sera jamais une de valable.*

*Ils t'expliqueront peut-être que c'était pour le bien du pays, que grandir auprès de tes parents t'aurait pervertie. Je le sais aujourd'hui, s'ils te parlent de ton père et de moi, ce sera pour nous calomnier, pour justifier l'innommable et humaniser les abus de pouvoir. Mais sache-le, mon trésor, ton père est un homme doux et généreux, d'une intelligence rare. Il s'appelle Ignacio Denevi et, de là où il est, il t'aime comme un fou.*

*Et moi aussi, je t'aime plus que tout.*

*J'espère du plus profond de mon cœur que tu seras heureux, ou heureuse.*

*J'aimerais que ceux qui prendront soin de toi t'appellent Ugo si tu es un garçon, et Laura si tu es une fille. J'aimerais qu'ils t'encouragent à faire des études pour que tu voies la vie comme un océan de possibles, qu'ils t'enseignent l'importance du combat, pour toujours privilégier l'humanité à la haine.*

*Il faut prendre soin de toi, mon amour, et ne jamais renoncer. Ne doute jamais de qui tu es. Et bats-toi.*

*Je t'aime.*
*Ta maman, Paula.*

Il est 4 heures du matin. Je me lève et prends le septième carnet. Les dernières pages, les dernières phrases. J'en ai besoin ;

Je dois te dire au revoir.

. . . . . . .

*Paris, 2 avril 2015.*

Je n'écris plus pour moi aujourd'hui, ni pour toi, cher journal. J'écris pour Carmen. Et pour Suzanne aussi.

. . . . . . .

Carmenita,

Je vais mourir bientôt, je le sens, et je ne t'ai rien dit. Je t'aime trop pour supporter que tu saches, pour te faire du mal avec cette vérité abominable. Et je t'aime trop pour accepter que tu ne saches jamais. Je leur ai laissé tes coordonnées. S'il m'arrive quelque chose, si mon virement automatique ne renfloue plus leurs caisses, ils t'appelleront. Et tu trouveras, j'en suis certain, la boîte et la clé. Tu te diras que ce box et ce bureau sont une de mes excentricités de vieux fou, puis tu sauras que c'était une précaution d'assassin. J'ai été cet homme-là. Je ne le nie pas. Je sais, Carmenita, que je n'irai pas sur la Terre sans Mal comme tous les Guaranis exceptionnels, même si tu disperses mes cendres dans la forêt. Je sais ce que j'ai fait. Je suis un homme comme les autres, capable du pire pour survivre.

Mais au cœur de toute cette noirceur, si tu le peux n'oublie pas,

Je t'ai aimé comme un père.

Ernesto.

. . . . . . .

## — 7 —

JE ME LÈVE SANS NAUSÉE et sans obsidienne. Raphaël est venu me chercher avec Suzanne. J'ai l'impression de la rencontrer et de l'embrasser pour la première fois. Je la serre fort dans mes bras, ma fille, je lui dis que je l'aime et que jamais plus nous ne serons séparées. Elle me sourit, et je l'entends, elle m'appelle « Maman ».

Les valises sont prêtes, les clés de notre appartement rendues, Buenos Aires nous attend. Jeanne m'a encouragée dans ce voyage. Sur ses conseils et ceux de Raphaël, j'ai aussi quitté l'IHEAL et suspendu mon habilitation à diriger des recherches. Après tout, je suis jeune, ma vie n'a que quelques heures, je suis un nourrisson, un nourrisson empli d'amour, prêt à grandir. L'océan des possibles est là, devant moi, je n'ai plus qu'à voler jusqu'à lui.

Avec Suzanne, et Raphaël.

# Remerciements

Je remercie ma mère, lectrice infatigable, pour ses remarques pragmatiques et sensibles, mon père et ma sœur pour la richesse de leur regard cinématographique, et Ludovic, intarissable force de proposition, pour son écoute de tous les instants.

Je remercie Bertrand Leclair et mes camarades d'écriture pour l'élan qu'ils m'ont permis de conserver.

Je remercie Anne Goscinny, généreuse lectrice de la première heure, pour ses précieux conseils.

Je remercie chaleureusement Olivier Compagnon pour le partage passionnant de son expertise.

Je remercie également toutes celles et ceux qui ont permis à ce livre d'avoir ce visage : Emmanuelle et Philippe Aronson, Mathieu Bardou, Pauline Bouchet, Élise Brissaud, Marion Delord, Florence Diet, Cyrielle Dodet, Alma Gazeau, Maëlle Guillaud, Hugo Ivancovsky, Laetitia de Langlade del Fabbro, Catherine Nabokov, Pierre Oberkampf, Agnès Patron, Leïla Phelouzat, Anne Ricaud, Caroline Vasserot, Babette Vimenet.

Enfin, je remercie Héloïse d'Ormesson ainsi que toute l'équipe des Éditions Héloïse d'Ormesson pour leur soutien sans faille : Valentine Barbini, Anne-Marie Bourgeois, Roxane Defer, Solène Marivain, Charlotte Nocitau.

Conception graphique
Anne-Marie Bourgeois/m87design

✺

Achevé d'imprimer
sur Roto-Page
par l'Imprimerie Floch
à Mayenne,
en janvier 2021.

✺

Dépôt légal
janvier 2021.
Numéro d'imprimeur
97408

Édition n° 1

Imprimé en France